Marianne Schaefer

SCHEIDEWEGE

Marianne Schaefer

SCHEIDEWEGE

Bibliografische Information der Deutschen Nationalbibliothek:
Die Deutsche Nationalbibliothek verzeichnet diese Publikation in
der Deutschen Nationalbibliografie; detaillierte bibliografische
Daten sind im Internet über dnb.dnb.de abrufbar.

© 2020 Marianne Schaefer
Herstellung und Verlag:
BoD – Books on Demand, Norderstedt
ISBN: 978-3-7519-8436-2

Scheidewege – der Tag der Wahrheit

Keiner der Vorübereilenden nahm Notiz von der jungen, schlanken, gut gekleideten Frau, die mit zwei kleinen Kindern an der Hand am Geländer auf der Brücke stand und in das schnell fließende Wasser blickte. Blonde Haare umwehten ihr Gesicht. Die beiden Mädchen, etwa zwei und sieben Jahre alt, blickten neugierig zwischen den Eisenstäben hinunter ins Wasser, lachten und freuten sich, als sich ein Dampfer unter der Brücke hindurchschob. Sie ahnten nicht, warum sie hier so lange verweilten.

Die Tränen der Mutter bemerkten sie nicht, auch nicht ihr unterdrücktes Schluchzen, denn es wurde vom Wind davongetragen. Dem größeren Mädchen wurde es schließlich langweilig. Es zog an der Hand der Mutter. „Komm, Mama, mir ist kalt."

„Ja, gleich", sagte die junge Frau und wusste, jetzt musste sie sich entscheiden, bevor auch noch die Kleine zu quengeln begann. Sie wischte sich mit dem Ärmel die Tränen fort, blickte auf ihre Lieblinge.

Es galt, das Vorhaben auszuführen.

Doch plötzlich wusste sie nicht mehr, wie sie es anstellen sollte, obwohl sie das Szenario unterwegs in Gedanken viele Male durchgegangen war. Sprang sie gemeinsam mit ihnen, oder stieß sie die Kinder zuerst hinunter und folgte ihnen dann?

Eine ganze Weile starrte sie unentschlossen ins Weite, überhörte das Betteln der Kinder, endlich weiterzugehen, und mit einmal wusste sie, dass dies nicht die Lösung sein durfte.

Sie ließ die Hand des größeren Mädchens los, strich sich die Haare aus dem Gesicht, hob den Kopf und rief in den Wind:

„Das bist du mir nicht wert! Du nicht!"

Anne Scherer war die Gutmütigkeit in Person. Aber nutzte man ihre Gutwilligkeit aus oder belog sie, dann konnte sie zur lodernden Fackel werden. Normalerweise sprach sie in ruhigem Ton und streiten ließ sich mit ihr nur schwer, eher biss sie sich auf die Zunge und nahm sich selbst zurück. Hübsch anzusehen war sie mit ihrem blonden Haar und der Stupsnase. Ihrem Mann Frieder zuliebe trug sie nur flaches Schuhwerk, denn sie war etwas größer als er.

Endlich herrschte Ruhe im Haus. Anne Scherer blickte sich im Wohnzimmer um, ob sie auch nichts vergessen hatte wegzuräumen. Meistens fand sie noch Spielsachen, die ihre Töchter überall im Haus verstreuten. Nein, diesmal war alles in Ordnung.

Die beiden Mädchen lagen in ihren Betten und schliefen.

„Warte nicht auf mich, es könnte wieder spät werden!", sagte Frieder und eilte an ihr vorbei ins Schlafzimmer, um sich umzuziehen. Anne nickte, schickte ihm jedoch einen zweifelnden Blick hinterher. Kurz darauf hörte sie seinen beschwingten Schritt auf dem knirschenden Kies des Weges, das Öffnen der Garage, das Starten des Motors.

Heute war Freitag, Frieders gewohnheitsmäßiger Kegelabend, den er oft noch mit einem Besuch zu seiner Kundschaft verband. Das Kegeln glaubte sie ihm, die Kundschaft nicht. Schon lange nicht mehr!

Sinnend stand sie in der Dunkelheit am Wohnzimmerfenster und dachte über ihre Ehe nach. Das Autohaus, das sie eröffnet hatten, lief gut, die dazugehörige Werkstatt noch besser. Vor Kurzem waren sie in dieses neuerbaute Haus gezogen.

Ihre erste Wohnung war über dem Ausstellungsladen, direkt an der Hauptverkehrsstraße gelegen. Tag und Nacht rumpelten Lastwagen über das Kopfsteinpflaster. An Durch- oder Ausschlafen war nicht zu denken gewesen. Deshalb fühlten sie und Frieder sich glücklich, als das Haus endlich fertig war.

Schwere Jahre lagen hinter ihnen. Frieders Schulden, die aus einer in Konkurs gegangenen Autowerkstatt stammten, mussten abbezahlt werden. Sein damaliger Partner hatte ihn betrogen und war heimlich auf und davon. Frieders Frau hatte er gleich mitgenommmen. Zum Glück gab es aus dieser Ehe keine Kinder.

Als Anne Frieder kennenlernte, war er schon einige Jahre geschieden. Für sie spielte seine Vergangenheit keine Rolle. Die lag vor ihrer gemeinsamen Zeit und ging sie nichts an. Dass ihr Mann zwölf Jahre älter war als sie, störte Anne ebenfalls nicht. Sie liebte ihn von ganzem Herzen und hatte mit Freuden Ja gesagt, als er fragte, ob sie seine Frau werden wolle.

Die Trauung fand nur auf dem Standesamt statt. Ein mit Frieder befreundetes Ehepaar übernahm die Aufgabe der Trauzeugen. Die nachfolgende Hochzeitsfeier gestaltete sich schlicht: Nach der Trauung besuchten sie mit den Verwandten und Gästen ein Café. Später stellte sich heraus, dass es nicht ein einziges Foto von der standesamtlichen Trauung gab. Niemand hatte daran gedacht, dort zu fotografieren.

Frieders größter Wunsch bestand darin, wieder eine Autowerkstatt zu besitzen. Mit Anne gemeinsam wollte er die Selbstständigkeit noch einmal wagen. Mittels Kredites mieteten sie eine Werkstatt mit Wohnung über dem Verkaufsraum und einer Tankstelle im Hof. Da Frieder ein guter Kraftfahrzeug - Meister war, erwarb er sich schnell einen entsprechenden Ruf, hatte Kundenzulauf und stellte bald zwei Mitarbeiter ein. Es ging aufwärts.

Anne arbeitete ebenfalls im Betrieb, holte die Neuwagen aus dem Werk und die Zulassungen bei den Ämtern ein, erledigte die Büroarbeiten und kümmerte sich nebenbei noch um den Haushalt. Sie tat es gern, doch oftmals ging dies über ihre Kräfte und ihr fielen bereits während des Abendbrots die Augen zu.

Nach einer rundum glücklichen Zeit ihrer Ehe glaubte Anne, eine gewisse Sprunghaftigkeit an ihrem Mann wahrzunehmen. Wo war er mit seinen Gedanken? Bei ihr nicht, das spürte sie. Drehte sich Frieders Denken wirklich nur um die Arbeit?

Sie sollte es bald erfahren!

Ein paar Monate nach der Eheschließung wurde Anne schwanger und brachte ein Mädchen zur Welt. Sie nannten es Manuela. Frieder leuchtete das Glück über dieses Kind aus den Augen. Auch sie fühlte sich unaussprechlich glücklich: Sie war jung, schön und hatte einem kleinen Menschen das Leben geschenkt.

Frieder hatte es sich nicht nehmen lassen, sie aus dem Krankenhaus heimzuholen und kam nun oft aus der Werkstatt nach oben, um sich an dem kleinen Erdenbürger zu erfreuen. „Sie gerät nach dir", sagte er, nahm Anne in den Arm und beteuerte, wie sehr er sie liebe.

Mit Grauen dachte Anne jetzt an das, was dieser kurzen glücklichen Zeit folgte.

Einmal im Jahr machte Frieder eine größere Kegeltour mit seinen Freunden.

„Ich habe diesmal ein schlechtes Gewissen, weil ich dich allein lasse", hatte er gesagt. „Kommst du ein Wochenende ohne mich zurecht? Es sind ja nur drei Tage."

„Aber ja fahr nur. Ich schaffe das!" Sie hatte gelacht und hinzugefügt. „Ich bin ja nicht allein." Als er sich ins Auto setzte und ihr zuwinkte, rief sie, ehe er losfuhr: „Viel Spaß und trink nicht zu viel!"

Ach, wenn sie geahnt hätte ... Am Samstag dieses Wochenendes war ihre heile Welt zusammengebrochen.

Der Postbote klingelte und brachte neben der üblichen Post auch einen amtlichen Brief, den Frieder hätte unterschreiben sollen. Der Postbote meinte, sie könne es ebenso gut für ihren Mann tun. Der graue Briefumschlag beunruhigte Anne, sie wusste nicht warum.

Da sie amtliche Post in jedem Fall öffnete, zögerte sie auch diesmal nicht und las die Nachricht. Sie tat es immer und immer wieder, bis ihre Augen vor Tränen die Buchstaben nicht mehr erfassten.

... *Sie werden gebeten, Ihre/n am - - - geborene/n Tochter/Sohn anzuerkennen.* Dem Namen nach war es ein Sohn, vier Monate jünger als die kleine Manuela. „Das kann nur ein Versehen sein, eine Verwechslung!", sagte sie sich, als sie wieder einen klaren Gedanken fassen konnte. Der Mann, der ihr täglich seine Liebe beteuerte, betrog sie seit längerer Zeit und sie sollte nichts davon bemerkt haben? Frieders häufige gedankliche Abwesenheit fiel ihr ein…

Sie legte den Brief auf seinen Schreibtisch und versuchte, nicht mehr an dessen Inhalt zu denken. Morgen würde sich alles aufklären!

Am späten Sonntagabend hörte sie Frieder in den Hof fahren.

Wie immer fiel seine Begrüßung stürmisch aus, doch Anne schob ihn energisch weg.

„Ist etwas nicht in Ordnung?", fragte er irritiert. „Was hast du?"

Anne konnte nicht mehr an sich halten. Sie nahm den Brief vom Schreibtisch und hielt ihn Frieder anklagend entgegen. „Hier, lies!", rief sie. „Erklärst du mir dieses Schreiben?"

Frieder las, seine Hand begann zu zittern, er wurde blass und musste sich setzen. Da wusste Anne Bescheid: Es war *keine* Verwechslung, sie hatte umsonst gehofft.

„Wann wolltest du mir das sagen?", fauchte sie und höhnte: „Dachtest du: Ach, meine Frau ist ja so jung und dumm, die kriegt das nicht mit?"

Sie drohte mit Scheidung. Frieder weinte, bettelte, schwor, von nun an treu zu sein. Zuletzt lag er in Annes Armen und ließ sich trösten wie ein kleines Kind, dessen Püppchen verschwunden war.

Ihre Liebe hatte einen empfindlichen Riss bekommen, aber sie glaubte zuletzt doch, was Frieder versprach, wollte es nur zu gern glauben. Von diesem Tag an sah sie ihn jedoch mit kritischen Augen. Ihr fielen die warnenden Worte seiner Mutter ein: „Überleg` es dir gut, Anne. Frieder ist zwar zwölf Jahre älter als du, aber er mag junge Frauen. Er wird dich unglücklich machen, denn." Sie hatte weiterreden wollen, doch ein Blick von Frieders Vater hinderte sie daran.

Es dauerte etwa ein Jahr, da flatterte erneut ein amtliches Schreiben ins Haus. Der Brief lag geöffnet auf Frieders Schreibtisch – hastig aufgerissen. Bei seinem Anblick begann sie zu zittern. „Er wird doch nicht schon wieder ...", schoss es ihr durch den Kopf.

Doch, er hatte! Und diesmal war das Kind ein Mädchen.

Frieders Betteln, seine Liebesschwüre prallten diesmal an Anne ab. Sie drohte ihm erneut mit Scheidung, hätte am liebsten auf ihn eingeprügelt, ihn bespuckt oder gleich erschlagen. Doch sie bewarf ihn lediglich mit einem Kugelschreiber, einer wirkungslosen Waffe, die noch dazu ihr Ziel verfehlte.

„Dafür habe ich mich nicht angestrengt, um dir beim Unterhalt deiner außerehelichen Kinder beizustehen, die du in die Welt gesetzt hast", schrie sie außer sich. „Aber ich schwöre dir, betrügst du mich noch ein einziges Mal, verlasse ich dich endgültig."

„Bitte tu mir das nicht an", jammerte Frieder. „Ich weiß, dass du mich liebst!"

„Lieben? Du hast alles getan, um meine Liebe sterben zu lassen. Ich vertraue dir nicht mehr. Ich bleibe aus Verantwortung für unser Kind bei dir." Und sie hatte ihn gewarnt: „Strapaziere nicht meine Gutwilligkeit. Du kennst mich nicht lange genug, um zu beurteilen, wozu ich fähig bin." Traurig setzte sie hinzu: „An dir ist die Liebe nur Fassade. Du bist wie eine Nuss: Die Schale ist schön anzusehen und sagt nichts darüber aus, ob der Kern auch genießbar ist."

Anne blieb also wegen Manuela, denn die Kleine hing in kindlicher Liebe an ihrem Vater. Die eheliche Gemeinsamkeit aber blieb von Annes Seite kühl. Ihre Liebe zu Frieder schien zu vertrocknen wie eine Blume ohne Wasser. Sie wünschte sich weg von diesem Mann. Aber wohin hätte sie gehen sollen?

Und dann schien sich ein Wunder zu ereignen: An einem Weihnachtsfest fanden Frieder und sie noch einmal zueinander! Fünf Jahre nach Manuelas Geburt brachte Anne ein zweites Kind zur Welt. Sie nannten es Carolin.

Alles war wieder im Lot! Das Geschäft lief gut, Frieder baute für seine Familie ein Haus. Der Herbst hielt Einzug. Die Bäume wurden täglich kahler, der Wind jagte bunte Blätter durch die Straßen. Aber das Haus war bezugsbereit! Anne freute sich auf

Weihnachten, das erste im neuen Haus. Sie würde ihrer Familie ein schönes Fest richten.

Eigentlich hätte sie wunschlos glücklich sein müssen, wenn da nicht Frieders 'Fehltritte' gewesen wären. Anne kannte weder die Frauen noch deren Kinder. Dass Frieder mit ihnen in Kontakt stand, glaubte sie nicht. Das Einzige, das sie in die Wege geleitet hatte, waren Daueraufträge für den monatlichen Unterhalt. Weder Frieder noch sie sprachen darüber.

Seit sie im neuen Haus wohnten, erledigte Anne nur noch die Buchhaltung. Das hatte einen Nachteil: Sie bekam nicht mehr alles mit, was im Betrieb vor sich ging. Aber in letzter Zeit wirkte Frieder so nervös ...

Anne hasste die Kegel-Freitage wie die Pest. Seit ihr Vertrauen in Frieder auf so unsicheren Füßen stand, vermutete sie, dass an diesen Abenden nicht nur gekegelt wurde.

Sobald ihr Mann heute das Haus verlassen hatte, nahm sie ein Buch zur Hand und machte es sich auf der Couch bequem. Da hörte sie ein Geräusch, das sie irritierte: Etwas klirrte! Falls es aus dem Kinderzimmer kam, würde gleich Manuelas Stimme zu hören sein. Sie fand in ihrer Schlaftrunkenheit manchmal die Toilette nicht.

Anne lauschte. Da! Wieder das gleiche Geräusch! Sie stieg die Treppe zum Kinderzimmer hinauf, öffnete die Tür, hörte die ruhigen Atemzüge der Mädchen und schloss sie beruhigt wieder. Das Schlafzimmerfenster fiel ihr ein. Sie hatte es nach dem Lüften nicht geschlossen. Ein Flügel war nur angekippt. Das Zimmer lag zu ebener Erde. Jeder, der es darauf anlegte, konnte mit ein wenig Geschick den zweiten Flügel öffnen und einsteigen.

Anne eilte die Treppe wieder hinunter und machte im Schlafzimmer Licht. Wie erstarrt blieb sie im Türrahmen stehen: Das Fenster war geschlossen und in ihrem Bett lag eine Fremde, die nun erschreckt in die Höhe fuhr.

Fassungslos fragte Anne: „Wer sind Sie? Wie sind Sie hier 'reingekommen?"

Der Blick der Fremden ging zum Fenster. Anne verstand.

Noch vor einigen Jahren hätte sie an einen dummen Streich gedacht, doch heute spürte sie erneut etwas Drohendes auf sich zukommen, etwas, das sie nur zu gut kannte.

Anne schätzte die Unbekannte auf knapp siebzehn Jahre. Sie war nur wenig älter gewesen, als sie Frieder geheiratet hatte. Aufgebracht zog sie dem Mädchen die Zudecke weg. Es war nur mit BH und Höschen bekleidet.

„Was wollen Sie in einem fremden Haus?", fragte Anne streng.

Die Antwort erfolgte unverzüglich: „Ich warte auf Frieder."

„Halb nackt?", spottete Anne. Das junge Ding grinste dreist.

„Nun, da bist du nicht die Einzige, die wartet, wenn auch aus anderem Grund!" Anne ging zum geringschätzigen Du über. „Und jetzt 'raus mit der Sprache! Was willst du von meinem Mann? Antworte oder ich rufe die Polizei!"

Das Mädchen besaß die Frechheit, über die Drohung zu lachen. Es war sich offenbar sehr sicher, dass Anne dies nicht tun werde, denn es stellte fest: „Sie haben keine Ahnung, was Ihr Mann so treibt, stimmt`s?" Wieder dieses unverschämte Grinsen. „Ich bin Frieders Freundin und schwanger."

Anne kämpfte mit Luftnot, Schwindelgefühle überkamen sie, aber sie behielt die Gewalt über sich. Nur nicht vor diesem jungen

Ding die Fassung verlieren! „Wie lange kennst du meinem Mann?", fragte sie scheinbar gelassen.

„Seit mehr als zwei Jahren!", gab das Mädchen bereitwillig Auskunft.

Anne erkannte: Das Verhältnis hatte noch vor Carolins Geburt begonnen! Sie dachte an einen Tag, als sie mit dem Neugeborenen noch im Krankenhaus lag. Frieder war mit Manuela zu Besuch gekommen und die Große plapperte drauf los: „Wir haben einen Stubenwagen für das Baby gekauft. Lisa war auch dabei. Danach sind wir essen gegangen."

„Wer ist Lisa?", hatte sie damals verwundert gefragt und Frieder war schnell mit einer Antwort dabei: „Ach, eine unserer Kundinnen stand zufällig im Laden. Ich habe mich von ihr beraten lassen." Sie hatte ihm geglaubt bis eben ...

Anne packte die junge Frau grob am Arm und zwang sie, das Bett zu verlassen. Mit der freien Hand raffte sie deren Kleider zusammen, die am Fußende des Bettes lagen. Dann zerrte sie das Mädchen vom Schlafzimmer ins Esszimmer, öffnete die Terrassentür, schob es mit Schwung nach draußen und warf ihm die Bekleidung hinterher.

Völlig überrascht von so viel Energie ließ die Fremde dies alles geschehen. Anne rief ihr hinterher: „Die Garage steht noch offen. Zieh dich dort an oder lass es bleiben. Aber wage dich nie wieder in die Nähe dieses Hauses!"

Zitternd am ganzen Körper schleppte Anne sich ins Gästezimmer, kroch angezogen in eines der beiden Betten und zog die Decke über den Kopf. Sie spürte ihren warmen Atem am Handgelenk. Wie eine Wolke wehte er zurück und in ihr Gesicht. Ihre wirren Gedanken wurden von der Zudecke aufgesogen wie die Tinte vom

Löschpapier. Sie weinte bittere Tränen. Ihre Lebensträume waren endgültig dahin. Dabei hatte sie sich so bemüht, der Familie ein glückliches Zuhause zu schaffen. All ihre Kraft war aufgebraucht. Sie konnte nicht mehr.

Irgendwann in den Morgenstunden nahm Anne der Schlaf gnädig in den Arm. Aber das Hirn bescherte ihr nur einen Albtraum: Sie befand sich auf der Fahrt über ein großes Meer und hockte ganz allein in einem Paddelboot. Um vorwärtszukommen, ruderte sie wie eine Wilde. Langsam ließ sich eine schwarze Wolke auf sie herunter und drohte, sie einzuhüllen. Ringsum nur Wasser und kein Land in Sicht! 'Nur nicht die Richtung verlieren … nur die nicht Richtung verlieren!', sprach sie sich selbst Mut zu. Angstgepeinigt und schweißüberströmt schoss sie über das weite Meer. Als sie sich richtungssuchend von ihrem Sitz erhob, griff sie der Wind so heftig von der Seite an, dass sie fast aus dem Boot geworfen wurde. Er schlitzte die Wolke über ihr auf, die sich wie ein riesiger Mund in lautlosem Gelächter weit öffnete. Erneut fiel der Wind sie an und schleuderte sie rückwärts auf die Bootsplanken. Anne fürchtete sich wie nie zuvor in Ihrem Leben. Die Wolke nahm ihr jegliche Sicht, um sie herum wurde es finster. Wind, Wolke und Nacht hatten sich gegen sie verbündet. Sie wusste, sie musste schnell zu ihren Kindern. Aber wo war das Ufer? Das Haus? Wo waren ihre Kinder? Unter Aufbietung ihrer letzten Kraft hievte sich Anne zurück auf den Sitz. Zum Rudern hatte sie keine Kraft mehr. Es war ihr nun gleichgültig, wohin der Wind das Boot trieb. 'Du musst aussteigen!', hörte sie eine Stimme. Immer wieder! Wie hypnotisiert sprang sie ins Wasser. Und da reichte ihr jemand die Hand und zog sie aus dem Meer ans trockene Ufer. Sie blickte in ein fremdes Gesicht.

'Komm', forderte ihr Retter sie auf. 'Ich bringe dich zu deinen Kindern!'

***

Anne erwachte schweißnass, glücklich darüber, dass sie nur geträumt hatte! Draußen herrschte Dunkelheit, also blieb sie liegen. Irgendwo wurde ein Rollo hochgezogen, ein Hund bellte in der Nachbarschaft ... Und erneut begann Anne zu grübeln. Wann war sie eigentlich im Leben glücklich gewesen?

Gern hätte sie noch einmal von vorn beginnen wollen. Mit ihren Geschwistern und der Mutter hatte sie in ärmlichen Verhältnissen gelebt und viel von dem vermisst, was für andere selbstverständlich war. Dass sie damals trotzdem glücklich gewesen war, erkannte Anne erst jetzt. Auch Susanne fiel ihr ein, die Arbeitskollegin, mit der sie unbeschwert lachen konnte. Damals arbeitete sie in einem Töpfereibetrieb in der Malerei und glaubte noch an die große Liebe, die ihr begegnen werde, an Kinder, an ein Haus mit Garten.

Kinder, Haus und Garten besaß sie nun, nur die große Liebe hatte sich als Trugbild erwiesen. Die verlorenen Jahre waren nur ein Intermezzo. Wolken, die kurz aufreißen, damit die Sonne ihre Welt bescheint, und sich dann wieder schließen, dunkel und undurchdringlich. Der schlimmste Schmerz, war der Schmerz in ihr, der ihr Herz zerriss und sie innerlich umbrachte.

„Deine Selbstgespräche werden in letzter Zeit immer lauter", stellte sie lächelnd fest. „Das klang eben ziemlich verbittert, wenn ich den Sinn richtig verstanden habe."

Anne griff vorsichtig nach einer ungebrannten Keramikvase, die auf einem Brett neben ihrem Arbeitstisch stand und bugsierte sie gekonnt auf eine drehbare Scheibe, um sie zu bemalen. „Du hast richtig verstanden", antwortete sie und tauchte ihren Pinsel missmutig in einen der vielen Farbtöpfe, die sauber und akkurat vor ihr aufgestellt waren.

So hatte Susanne ihre Arbeitskollegin noch nie erlebt. „Was ist los mit dir, Anne? Hast du Kummer oder Ärger? Ich beobachte dich schon seit Tagen. Dich bedrückt etwas. Möchtest du darüber sprechen?"

„Ach, Susanne, mir war nur so nach Seufzen. Es ist nichts weiter!", wehrte Anne ab, ohne den Blick von der Vase zu lassen. „Es hängt mit meiner Familie zusammen. Ich müsste viel zu weit ausholen, um alles zu erzählen. Außerdem ist es keine heitere Geschichte."

„Ich kann auch malen, während du erzählst", scherzte Susanne.

„Aber ich kann nicht erzählen, während ich male." Anne lächelte nun doch. „Außerdem sitzen wir nicht hier, um zu schwatzen, sondern um zu arbeiten."

Susanne hob ihre Schultern, was heißen sollte: dann eben nicht! Eine Weile herrschte Stille, die beiden jungen Mädchen widmeten sich ganz dem Malen.

„Ich glaube, du übertreibst wieder mal", behauptete Susanne, während sie zusah, mit welchem Eifer Anne sich auf die Arbeit stürzte. „Wenn du weiter wie eine Irre malst, sitzen wir in zwei Stunden vor der leeren Scheibe. Lass deine negative Energie nicht an den Vasen und Wandtellern aus! Wenn der Chef merkt, wie schnell wir arbeiten können, müssen wir morgen das Doppelte schaffen. Also bremse dich im eigenen Interesse! Leg den Pinsel mal zur Seite und eine Pause ein!" Susanne drehte sich mit ihrem

Stuhl in Annes Richtung und fragte sachlich: „Hast du Appetit auf einen Kaffee?"

Anne nickte und fuhr sich wie erwachend mit gespreizten Fingern durch das blonde Wuschelhaar. Während ihre Kollegin sich mit der Kaffeemaschine beschäftigte, die auf einem Hocker in der Nähe des Fensters stand, wusch Anne sorgfältig ihren Pinsel aus und stülpte ihn mit den Borsten nach oben in ein altes Einweckglas.

Zum wiederholten Mal stellte Susanne fest, wie sorgsam Anne mit ihren Mal-Utensilien umging. Von dieser Ordnungsliebe konnte sie sich eine Scheibe abschneiden. Überhaupt, ihre Kollegin schien in jeder Hinsicht ein ordnungsliebender Mensch zu sein. Während der Kaffee blubbernd und mit viel Gezische in die Kanne lief, stellte Anne für jede eine Tasse auf dem Arbeitstisch bereit.

Während des Kaffeetrinkens war Susanne sehr an einem Schwätzchen gelegen, deshalb fragte sie: „Hast du das Malen gelernt, Anne? Wie hast du es geschafft, ohne Eignungsprüfung hier eingestellt zu werden, obwohl der Alte doch so kritisch ist und nicht jeden nimmt?"

Anne griente. „Gelernt? Nein! Zuvor war ich in einer Glasbläserei beschäftigt und zog wochenlang aus Glasröhren Ampullen, bis ich soweit war, selbst Weihnachtskugeln und Tannenbaumspitzen zu blasen. Dort würde ich wohl noch heute arbeiten, wenn meine Mutter mit uns nicht wieder umgezogen wäre. Sie hält es nirgendwo lange aus.

Ich verlor damals eine Arbeit, die ich liebte. Aber die Familie war auf meinen Verdienst angewiesen, denn einen Ernährer gab es nicht mehr, also suchte ich hier nach einer neuen Beschäftigung. Zufällig hörte ich von dieser Fabrik, stolperte ziemlich unsicher ins Büro und fragte, ob sie Arbeit für mich hätten! Der Chef fragte: 'Können

Sie malen?' Da sagte ich einfach ja! Dabei hatte ich seit meiner Schulzeit keinen Pinsel mehr in der Hand gehalten."

Susanne nickte anerkennend. „Dafür machst du es sehr gut und Spaß scheinst du auch daran zu haben."

Anne bestätigte das. „Ja, ich bin gern hier. Deshalb ist es ja auch so schade ..."

Susanne fiel ihr ins Wort „Ich hab' eine Idee! Treffen wir uns morgen? Wir könnten bummeln gehen und uns ein wenig in weihnachtliche Stimmung versetzen!"

Annes Gesichtsausdruck wurde finster. „Eben *das* geht nicht, Susanne! Was glaubst du, warum ich so missmutig bin? Heute ist mein letzter Arbeitstag hier. Zwischen Weihnachten und Neujahr ziehen wir weg. Die schöne Zeit ist wieder mal vorbei."

Susanne wollte nach dem Grund für den Umzug fragen, ließ es aber bleiben. Es ging sie ja nichts an. Anne sprach nicht gern über ihre Familienverhältnisse, das hatte sie längst gemerkt. „Weißt du schon, was du dann machen wirst?" Diese Frage war unverfänglicher.

Anne hob die Schultern. „Ehrlich gesagt, nein. Irgendetwas wird sich schon finden."

„Melde dich mal. Ich bin für dich da, wenn du mich brauchst. Du wirst mir fehlen", versicherte Susanne, ehrlich betroffen.

„Du wirst mir auch fehlen", bestätigte Anne. Sie schaute auf die Uhr. „Entschuldige bitte, ich muss jetzt ins Büro, meine Papiere holen. Wir reden weiter, wenn ich zurück bin. Noch ist ja nicht Feierabend."

Auf dem Weg ins Büro lief Anne absichtlich durch die Brennerei. Es war eine Art Abschiedsbesichtigung. In den Regalen standen die Vasen, Krüge und Wandteller, die sie heute bemalt hatten –

Susannes und ihr Werk. Zum letzten Male, begutachtete sie die zum Brennen bestimmten, Stücke. Und das sollte alles vorbei sein? Wehmut überkam sie und ihr Herz klopfte zum Zerspringen vor Verzweiflung.

Der Chef überreichte Anne die Papiere mit den Worten: „Dass Sie uns verlassen, ist sehr bedauerlich, Fräulein Wernicke. Unter den Umständen allerdings, die sie mir geschildert haben, bleibt Ihnen wohl keine andere Wahl."

Versonnen ruhte sein Blick auf ihrem blonden Wuschelkopf: was für ein hübsches Mädchen! Nett und liebenswert, dazu bescheiden und zurückhaltend. Außerdem besaß sie großes Maltalent. So eine Mitarbeiterin verlor er nicht gern. Er reichte Anne die Hand. „Ich wünsche Ihnen für die Zukunft alles Gute und sollte sich Ihre jetzige Lage jemals ändern, bin ich gern bereit, Sie wieder einzustellen."

Die Worte taten Anne gut, doch in ihrer gegenwärtigen Situation waren sie kein großer Trost. Traurig schloss sie die Bürotür hinter sich und machte sich auf den Weg, zurück in die Malerei.

Susanne hatte ihre Arbeit schon wieder aufgenommen. Anne berichtete ihrer Kollegin nun doch ein wenig von sich, während sie akkurat Ornament an Ornament setzte. Es war, als hätten die wohlwollenden Worte des Chefs ihr das Herz geöffnet.

„Susanne, kennst du zufällig Weimersheim", fragte sie.

„Nie gehört." Das Mädchen schüttelte den Kopf.

„Das ist ein gottverlassenes Nest", versicherte Anne. „Dort gibt es keinen Bahnhof, es fährt kein Bus, es gibt keine Schule und nicht einmal ein Geschäft. Leider wird mein Fahrrad nur noch vom Rost zusammengehalten. Ich habe jetzt schon Mühe, zur Arbeit zu kommen, und kann auf keinen Fall von Wiesenbaum aus bis hierher mit dem Rad fahren. Es ist zum Verzweifeln!"

Susanne hörte schweigend zu und überlegte, wie ihrer Kollegin zu helfen sei, aber es wollte ihr nichts einfallen. „Warum bleibst du bei deiner Familie?", wunderte sie sich. „Mit sechzehn Jahren könntest du doch schon allein leben. Such dir hier ein kleines Zimmer."

„Das geht nicht. Ich sagte ja schon: Ich kann meine Mutter nicht im Stich lassen. Mein Vater ist vor zwei Jahren gestorben. Die Witwenrente, die sie erhält, reicht weder hinten noch vorn. Sie ist auf meinen Verdienst angewiesen. Und wer soll sich um meine Geschwister kümmern?"

'Deine Mutter natürlich', hätte Susanne am liebsten gesagt. 'Sie hat kein Recht, dir die Sorge für die Geschwister aufzubürden. *Sie* ist die Mutter, nicht du.' Sie hegte zudem den Verdacht, dass Anne sich wegen ihrer ärmlichen Herkunft schämte und sich deshalb so wenig über die Familie ausließ. Dass sie nicht auf Rosen gebettet war, sah man ihrer Kleidung an. Doch Äußerlichkeiten zählten für Susanne nicht.

Schweigend hingen die Mädchen ihren Gedanken nach. Als die Werksglocke fünf Uhr läutete, legten sie die Pinsel aus der Hand. „Das war's", sagte Susanne betrübt. „Mach's gut, Anne. Und denk daran: Die Welt ist klein, wir sehen uns bestimmt bald wieder."

Sie nahm Anne in den Arm und drückte sie. „Ich wünsche dir frohe Weihnachten und alles Gute für die Zukunft. Hier hast du meine Adresse. Melde dich, wenn dir danach ist."

Anne schob den Zettel in ihre Tasche. Vielerlei Gedanken begleiteten sie auf dem Weg nach Hause. Was gäbe sie darum, einmal so sorglos leben zu dürfen wie ihr Chef. Er wohnte in einem hübschen Haus mit Garten und musste sich um das tägliche Brot keine

Sorgen machen. Wie gern wollte sie von früh bis spät arbeiten, wenn es nur etwas einbrächte.

„Wunschträume", schalt sie sich selbst. Das Leben ist anders. Wer aus einem Zuhause wie dem ihren kam, hatte kein Recht, solche Dinge zu beanspruchen." Aber ihr kleines, dummes Herz rebellierte.

Nur mühsam kehrte Anne in die Gegenwart zurück. Das junge Mädchen von damals gab es nicht mehr.

***

Trübe brach der Morgen an. Anne erhob sich und blickte nach draußen. Über Nacht hatte der Winter Einzug gehalten. Der erste Schnee war gefallen. Sie hörte Manuela und Carolin im Kinderzimmer kreischen vor Freude über die weiße Pracht.

Anne fühlte sich wie gerädert. In der Küche blubberte die Kaffeemaschine. Frieder war also daheim und kümmerte sich ums Frühstück. Na, wenigstens das!

Ohne Morgengruß begann sie den Tisch zu decken. Er wusste bereits Bescheid über die nächtliche Besucherin, das merkte sie. Weder wollte er wissen, warum sie im Gästezimmer geschlafen hatte, noch, warum sie ihm die kalte Schulter zeigte, und vermied ihren Blick.

Anne schwieg verbissen. Mal sehen, wie lange Frieder diesmal brauchte, ehe er beichtete oder zu Ausreden und Lügen griff.

Das Frühstücksgespräch bestand aus dem fröhlichen Plappern von Manuela und Carolin, denen das Schweigen der Eltern nicht auffiel. Wenn Frieder sich unbeobachtet fühlte, spürte Anne seinen forschenden Blick. Wusste er, dass er verspielt hatte? Am liebsten wäre sie ihm ins Gesicht gesprungen. Es kostete sie viel Kraft, sich zurückhalten.

Sobald Frieder ins Geschäft gefahren war, brachte sie Carolin in den Kindergarten und Manuela zur Schule. Danach verrichtete sie ihre Hausarbeit, kochte das Mittagessen: alles, wie gewohnt. In der Mittagspause erschien Frieder nicht wie üblich zum Essen, am Abend nur, um die Wäsche zu wechseln. Danach verschwand er wieder. Anne vermied es, ihm zu begegnen, weil er Ihr verweintes Gesicht nicht sehen sollte. Sollte das jetzt so weitergehen? Eine Lösung musste gefunden werden, sonst ging sie zugrunde.

Die Tage vergingen. Frieder übernachtete irgendwo, vermutlich bei seiner jungen Freundin. Wieder einmal nahte sein Kegelabend. An diesem Freitag kam er zeitig nach Hause, zog sich um und verließ das Haus wieder. Anne stand am Fenster und starrte blicklos in den fallenden Schnee, grübelte und erwog sogar Auswege endgültiger Art...

Ein wiederkehrendes Geräusch holte sie in die Wirklichkeit zurück. Sie dachte sofort an die unangenehme Begegnung mit der Geliebten ihres Mannes. Die würde es doch nicht wagen, noch einmal ...? Obwohl Anne wusste, dass das Fenster im Schlafzimmer sich wiederum in Kippstellung befand, verbot sie sich nachzusehen, nahm ein Buch und begann zu lesen. Doch die innere Unruhe ließ sich nicht vertreiben. Sie musste sich vergewissern, dass alles in Ordnung war. Also stand sie auf, öffnete die Schlafzimmertür, machte Licht und traute ihren Augen nicht: Das Mädchen lag wie letztens in ihrem Bett, diesmal angezogen.

Anne entfuhr ein wütender Aufschrei! Sie stürzte sich auf die Fremde und – bemerkte im gleichen Augenblick, dass da etwas nicht stimmte: Frieders Freundin war bewusstlos. Wie auch immer sie zu diesem Mädchen stand: Sie musste Hilfe holen, das war ihre Pflicht.

Anne informierte den Notarzt. Der Rettungswagen ließ nicht lange auf sich warten. Sie führte die Sanitäter ins Schlafzimmer und zog sich zurück.

Es dauerte lange, ehe der Arzt bei ihr im Wohnzimmer erschien. „Die junge Frau ist wieder ansprechbar", beruhigte er Anne. „Eigentlich müssten wir sie mitnehmen, aber sie weigert sich strikt. Mittels der Tabletten, die sie schluckte, hätte sie lange auf den Tod warten können. Der Selbstmordversuch sieht eher nach einem Hilferuf aus. Gehört das Mädchen zu ihrer Familie?"

Anne schüttelte den Kopf. „Sie ist die Tochter von Bekannten meines Mannes. Wahrscheinlich gab es daheim Streit, denn sie ist heimlich und durchs Fenster in unser Schlafzimmer eingestiegen. Fragen Sie mich nicht, warum gerade bei uns!" Es entsprach nicht der Wahrheit, war aber auch nicht völlig gelogen.

„Könnten Sie die Eltern des Mädchens benachrichtigen?", erkundigte sich der Arzt. Vermutlich machte er sich einen eigenen Reim auf die Geschichte.

Anne nickte, obgleich sie keine Ahnung hatte, an wen sie sich wenden sollte. Was für eine unglaubliche Situation! Jetzt musste ausgerechnet *sie* sich um Frieders Geliebte kümmern.

Als der Arzt und die Sanitäter das Haus verlassen hatten, betrat sie das Schlafzimmer.

„Ich nehme an, du bist Lisa", sagte sie kurz angebunden. „Steh auf! Wo wohnst du? Denn ich bringe dich jetzt heim." Anne graute es, bei dem Schneetreiben Auto fahren zu müssen, doch sie wollte diese Person so schnell wie möglich aus dem Haus haben.

Während das Mädchen sich aus dem Bett quälte, rief sie die Nachbarin an und bat sie, in ihrer Abwesenheit nach den Kindern zu schauen. Danach wandte sie Ihre Aufmerksamkeit erneut der Geliebten ihres Mannes zu.

Lisa sah erbarmungswürdig aus: Bleich wie eine Todkranke, die Haare verklebt, auf Pullover und Anorak die Spuren von Erbrochenem, wie der Geruch deutlich verriet. Sie musste schon so ins Zimmer eingestiegen sein. Widerstrebend führte Anne Lisa in die Garage und half ihr auf die Rückbank ihres Autos. Dort hatte sie die Möglichkeit, sich langzulegen.

Das Schneetreiben nahm Anne die Sicht. Sie hing geradezu über dem Lenkrad, um überhaupt etwas erkennen zu können, und kam nur langsam vorwärts.

Das Mädchen verhielt sich still, vielleicht war es ja eingeschlafen. Gerade als Anne einen Blick nach hinten riskieren wollte, legten sich unversehens zwei Hände um ihren Hals und drückten ihr die Luft ab. Instinktiv trat sie aufs Bremspedal, der Wagen schleuderte, rutschte von einer Seite der Straße zur anderen und blieb in einer Schneewehe stecken. Auf diese Weise davon befreit, das Lenkrad halten zu müssen, riss Anne Lisas Hände von ihrem Hals, was nicht besonders schwierig war.

„Du tückische kleine Schlampe!", schrie sie wütend, während sie den Gurt löste, sich im Sitz drehte und auf die Knie zog. Sie holte aus und schlug auf Lisa ein, die sich in den Fond des Wagens drückte und unter den Schlägen weinte wie ein Kind. „Ich hätte dich verrecken lassen sollen, du undankbares Luder! Was glaubst du, wer du bist! Ich bringe dich zur Polizei statt nach Hause, dann landest du in der Zelle!"

Es war nicht Annes Art zu prügeln und solche Ausdrücke zu gebrauchen, aber danach war ihr wohler. Sie platzierte sich wieder hinterm Lenkrad, legte den Rückwärtsgang ein, brachte das Auto nach einigen Anläufen aus der Schneewehe heraus und setzte die mühsame Fahrt fort. In der Nähe des Lokals, in dem Frieder seine Kegelabende verbrachte, meldete sich aus dem Fond eine verweinte Stimme: „Setzen Sie mich hier ab. Ich will zu Frieder."

„Warum nicht?", dachte Anne. „Sollen die beiden sich doch in der Öffentlichkeit blamieren. Was geht mich das an?" Sie hielt den Wagen an, wartete, bis Lisa ausgestiegen war, wendete und fuhr zurück. Wie sie heimgekommen war, wusste sie nicht. In der Garage kreuzte sie völlig erschöpft die Arme über dem Lenkrad, legte den Kopf darauf und brach in Tränen aus ...

***

Am Nachmittag des nächsten Tages erschien Frieder gemeinsam mit dem Mädchen. Gut, dass die Kinder in der Nachbarschaft zu einem Geburtstag eingeladen waren.

Anne ließ die beiden ein, bot ihnen im Wohnzimmer jedoch keinen Sitzplatz an und blieb ebenfalls stehen.

„Wir müssen reden!", begann Frieder, wusste aber offenbar nicht, wie er seine Rede fortsetzen sollte. Anne wartete mit vor der Brust verschränkten Armen und betrachtete das Gesicht ihres Mannes. Er sah miserabel aus: übernächtigt, verquollene Augen, unsteter Blick. Vermutlich hatte er beim Kegeln zu viel Whisky getrunken. Lisa passte zu ihm. Die Auswirkungen der vergangenen Nacht standen ihr deutlich ins Gesicht geschrieben. Sie blickte Anne nicht an, fixierte stupide den Fußboden.

Frieder nahm noch einige Male Anlauf zum Sprechen: „Es ist ... wie soll ich sagen ... du könntest mir und Lisa ...“Schließlich rückte er mit einer Ungeheuerlichkeit heraus:

„Ich möchte dich bitten, am Montag mit Lisa zu einer Frau zu fahren, die sich mit Schwangerschaftsabbrüchen auskennt. Noch weiß niemand, dass sie schwanger ist. Danach wird alles gut, das verspreche ich. Du und ich machen einen neuen Anfang.“ Er holte einen Umschlag mit Geld und eine Adresse aus der Innentasche seines Mantels und hielt beides Anne hin. Ihr stockte der Atem vor so viel Dreistigkeit.

„Und was sagt sie dazu?“, brachte sie nur heraus und wies auf Lisa. Die hob nicht einmal den Kopf.

Anne stieß Frieders Hand zurück. Adresse und Geld entglitten ihm und landeten vor seinen Füßen. „Anspucken müsste man dich!“, zischte sie. „Du hast nicht das geringste Schamgefühl. *Wir* machen erneut einen Anfang? Wer sagt denn, dass ich noch mit dir gemeinsam leben möchte? Du bist ein egoistisches, geiles Monster, verführst die Frauen und wirfst sie dann weg wie Unrat. Weshalb wolltest du eigentlich Kinder mit mir? Waren das auch nur Zufallsprodukte? Was sind deine Liebesschwüre wert? Alles Lüge!“

Ruhiger wandte sie sich dann an das junge Mädchen: „Hat er dir erzählt, dass er während der Ehe neben unseren Kindern, noch zwei weitere, in die Welt gesetzt hat? Auch du bist von ihm schwanger. Das macht fünf Kinder mit vier Frauen! Darüber hat er dir nichts gesagt, nicht wahr! Und wenn dein Kind abgetrieben ist, sucht er sich über kurz oder lang die nächste Minderjährige und schwängert sie.“

Annes verächtlicher Blick galt nun wieder Frieder. Was du da planst, ist allein eure Sache. Ich werde dazu keinen Finger rühren!“

Und sie befahl: „Verschwindet! Raus aus diesem Haus!" Es hatte schon etwas Grotesk, dass sie Frieder aus seinem eigenen Haus hinauswarf. Vielleicht begriff er das auch, denn er knurrte bissig: „Auch gut! Dann kommt das Kind eben zur Welt und Lisa zieht unten die Einliegerwohnung ein. Die ist ja noch nicht vermietet."

Das verschlug Anne nun endgültig die Sprache. Wenn sie Frieder richtig verstand, sollte sie mit seiner Geliebten und deren Kind, unter einem Dach wohnen, vielleicht von beiden die Wäsche waschen – wie sie noch immer seine wusch, obgleich er nicht mehr daheim schlief, – sollte kochen und am Ende gar noch auf das Kind aufpassen, damit er und seine Geliebte tun konnten, was sie wollten ...

„Hör' gut zu, Frieder Scherer", sagte sie ruhig. „Solange ich mit den Kindern hier wohne, kommt mir diese, da - sie zeigte auf Lisa - nicht ins Haus! Aber für mich steht ebenso fest, dass ich mich von dir scheiden lasse."

Er begriff wohl, dass es seiner sonst so geduldigen und fügsamen Frau diesmal ernst war, und brauste auf: „Aber *ich* lasse mich nicht scheiden, merk` dir das. Du kannst ja gehen, die Kinder bleiben hier! Ich werde das alleinige Sorgerecht beantragen, weil ihre Mutter sie verlassen will."

Anne erwiderte nicht weniger laut: „Ich verlasse meine Kinder nicht. „Du glaubst doch nicht im Ernst, dass ich meine Töchter dir und einer noch nicht einmal Volljährigen überlasse! Diesen Umstand wird das Gericht nämlich auch erfahren!"

Ohne Vorwarnung schlug Frieder Anne ins Gesicht. Links, rechts, links rechts, bis ihr das Blut aus Ohren und Nase lief. Lisa schrie hysterisch und klammerte sich an Frieders Arm. „Hör auf!", kreischte sie. „Hör sofort auf!"

Vielleicht brachte ihn die Stimme des Mädchens wirklich zur Vernunft, jedenfalls ließ er von Anne ab. Sie hatte sich nicht gewehrt, wischte sich nun mit dem Handrücken das Blut vom Kinn und sagte kalt: „Das hättest du nicht tun sollen. Ab heute bin ich dein Gegner!" Und an Lisa gewandt erklärte sie sarkastisch: „Ich *schenke* dir diesen Mann. Du siehst ja, was am Ende passiert!" An den beiden vorbei lief sie zur Tür und öffnete sie weit. „Es ist besser, ihr verschwindet!"

Anne hörte Frieders Auto wegfahren. Am ganzen Körper zitternd griff sie zum Telefon, wählte die Nummer eines ihr bekannten Rechtsanwalts und bekam nach Benennung des Problems umgehend einen sofortigen Termin. Sie bat die Nachbarin, ebenfalls per Anruf, die Kinder noch eine Weile zu behalten. Mit wirrem Haar und geschwollenem, blutverschmiertem Gesicht setzte sie sich ins Auto und fuhr los.

***

Rechtsanwalt Dr. Müller hatte sein Büro in einem Mietshaus außerhalb der Stadt. Er war dafür bekannt, erfolgreich zu sein, besonders in Scheidungsangelegenheiten. Als er Anne die Tür öffnete, ließ er sich seine Bestürzung über ihren Zustand nicht anmerken. „Setzen Sie sich!", sagte er und rückte ihr im Büro den Stuhl zurecht. Dann erst fragte er: „Was ist passiert, Frau Scherer?"

Stockend und unter Tränen begann Anne zu berichten und schloss: „Ich möchte mich scheiden lassen, denn ich kann und will diesen Zustand nicht mehr ertragen."

Der Rechtsanwalt versprach, alles Notwendige in die Wege zu leiten, um für sie und die Kinder das Bestmögliche herauszuholen.

Anne unterschrieb mit zitternder Hand die Vollmacht, die er ihr vorlegte.

Inzwischen war es dunkel geworden. Der nachtblaue, sternenklare Himmel wirkte so friedlich. In Annes Herzen aber herrschte Chaos. „Lieber Gott, gib mir die Kraft, das alles durchzustehen", bat sie auf der Heimfahrt. Sie holte die Kinder von der Nachbarin ab und bemerkte, dass sie mit ihrem lädierten Äußeren deren Blicke auf sich zog. Doch die Frau fragte nicht und Anne war ihr dafür dankbar. Sie wusch den todmüden Kindern nur die verklebten Gesichter und schmutzigen Hände. Dann brachte sie die Mädchen zu Bett. Im Nu waren sie eingeschlafen.

Sie selbst fand keinen Schlaf. Wieder einmal, wie in letzter Zeit häufiger, zog sie sich in jene Anne Wernicke zurück, die Frieder Scherer erst noch kennenlernen würde ...

∗∗∗

Annes Familie war damals, kurz vor Weihnachten, in den kleinen Ort Weimersheim umgezogen. Der Himmel schüttete ungeheure Lasten, weißen, lockeren Schnees über die Welt aus. Einige Tage nach der Ankunft lief Anne lange und ziellos durch den winterlichen Wald.

Eisiger Wind schlug ihr entgegen, sobald sie ihn verließ. Schon glaubte sie, sich verirrt zu haben, da erblickte sie die erleuchteten Fenster des Bauernhauses, dessen kleiner Anbau ihre neue Unterkunft geworden war. Einen Augenblick blieb sie vor der Haustür stehen, um Atem zu schöpfen, dann schlüpfte sie schnell in den schützenden Flur.

In der Küche zog Anne sich die nassen Schuhe von den Füßen, schob einige Holzscheite in den Herd, bis wohlige Wärme den Raum durchzog. Sie trat ans Fenster und starrte trübsinnig in die glitzernde Winterlandschaft hinaus: Wohin sie auch blickte, nichts als Schnee. Das kleine Dorf wurde davon fast erdrückt. Traurig dachte sie an den Tag, an dem die Mutter ihr den Umzug mitteilte, den Tag, der mit einem Schlag all ihre Hoffnungen und Träume zerstört hatte. War das hier die Endstation für ihr Leben? Keine Arbeit und keine Aussicht auf Veränderung?

In Gedanken hörte sie die hellen Stimmen ihrer kleineren Brüder. Die großen Geschwister hatten die Familie längst verlassen. Lebten ihr eigenes Leben. Robert hatte ihr bald nach der Ankunft mitgeteilt: „Hast du's mitgekriegt? Weimersheim besitzt nur drei Bauernhöfe und sieben Misthaufen." Ralf, der im Wesen Ruhigere, meinte mit leuchtenden Augen:

„Das ist ein wunderbares Zuhause."

Was wusste der Knirps schon von einem richtigen Zuhause? Dazu gehörten Freunde, Arbeit, finanzielle Sicherheit. Andererseits: Wie konnte ein Halbwüchsiger vermissen, was er noch nie kennengelernt hatte? Aber er und sein Bruder würden Annes Alter erreichen und dann? Der Vater, ein Trinker, hatte seine Familie in Not und Elend zurückgelassen, als er starb. Anne weinte ihm keine Träne nach. Sein Tod war für die Mutter ein Aufatmen und eine Erlösung gewesen. Die magere Rente, die Agnes Wernicke für sich und die Kinder bekam, reichte nie bis Monatsende und ohne Annes Verdienst würde es nun noch schlimmer werden. Bedrückt blickte sich Anne in dem spärlich möblierten Wohnzimmer um. Hier gab es nichts, was einem das Herz erwärmen konnte. Die Not kroch aus allen Ritzen und Spalten und starrte sie an.

„Einfach weglaufen", dachte sie. Doch dazu fehlte ihr der Mut. All ihre Pläne fürs Leben waren bisher geplatzt wie Seifenblasen. In der Oberrealschule durfte sie damals nicht bleiben, dabei hatte sie die Aufnahmeprüfung spielend geschafft und in kurzer Zeit war sie eine der Besten ihrer Klasse gewesen. Unglücklicherweise befand sich die Schule in der nächstgelegenen Stadt und nicht immer erübrigte die Mutter das Geld für eine Monatskarte. Daher fuhr Anne oft per Anhalter zur Schule oder überhaupt nicht. Letztendlich kehrte sie in die Hauptschule des Wohnortes zurück, absolvierte dort das letzte halbe Jahr und verließ mit vierzehn Jahren die Schule, um arbeiten zu gehen.

Das alles stieß Anne bitter auf, als sie nun wieder in die Winterlandschaft hinausblickte. Was hatte ihre Mutter nur bewogen, in diese Einöde zu ziehen?

Agnes Wernicke stand inzwischen in der ebenso spärlich eingerichteten Küche und bereitete das Abendbrot. Sie bestrich Brote mit Margarine und streute Zucker drauf. Es war nach dem Umzug wieder mal kaum Geld im Haus.

Die Tür zum Wohnzimmer stand offen.

„Mama, kannst du mir sagen, wie ich hier Arbeit finden soll?", fragte Anne in die Stille hinein. Die Mutter schwieg, als habe sie die Frage nicht gehört.

„Und wie kommen die Jungs in den nächsten Ort zur Schule?", bohrte Anne weiter. „Hast du dir mal den Weg angesehen? Die zwei besitzen weder dichtes Schuhwerk noch warme Kleidung." Wieder keine Antwort.

„Mama! Du musst dir doch darüber Gedanken gemacht haben? Es fährt kein Bus, es gibt keine Bahn. Wir besitzen weder ein Auto noch ein Fahrrad. Was nützt uns eine größere Wohnung, wenn wir dafür keine Möbel haben und in leeren Zimmern hausen! Außerdem brauchst du meinen Verdienst!"

Agnes Wernicke blieb stumm. Sie blickte nicht einmal auf. Was hätte sie auf solche Fragen antworten sollen? Die Tochter ahnte ja nicht, wie es in ihr aussah.

Anne aber konnte sich nicht mehr beherrschen. „Ich hab' dieses Leben so satt!", schrie sie und erschrak vor ihrer eigenen Stimme. „Morgen ist Heiligabend. Wir spüren davon nichts. Es gibt keinen Baum, es ist kein Essen im Haus. Wenn ich nicht arbeite, können wir die Miete nicht zahlen und werden auch hier bald endgültig auf der Straße sitzen! Außerdem — immer, wenn wir uns irgendwo eingelebt haben, ziehen wir wieder weg. Nirgends fühlst du dich wohl. Weißt du überhaupt, was du uns damit antust? Ich mach das nicht mehr mit. Bei allen anderen geht es aufwärts, nur bei uns geht es bergab! Bitte, Mama, sag endlich etwas."

Anne zuckte zusammen, als die Mutter sie unerwartet anfuhr: „Wenn es dir hier nicht gefällt, dann verschwinde! Du weißt ja, wo der Zimmermann das Loch gelassen hat!"

So hatte die Mutter noch nie mit ihr gesprochen. Anne glaubte, sich verhört zu haben, hörte nicht den verzweifelten Aufschrei, der sich in diesem Wutausbruch Luft verschaffte. Verstört rannte sie in ihre winzige Kammer, stopfte die wenige Kleidung, die sie besaß, in den Koffer und zog den Mantel an. Nach kurzem Zögern legte sie den größeren Teil ihres letzten Geldes aufs Bett und verließ den Anbau. Ziellos machte sie sich auf den Weg. Dunkelheit und der fallende Schnee verschluckten sie.

***

Frieder Scherer wollte mit seinem Lastwagen auf die Autobahn einbiegen. Um die Auffahrt nicht zu verpassen, fuhr er langsam. Die Scheibenwischer taten sich schwer, den dicht fallenden Schnee zu bewältigen. Da tauchte im schwachen Licht der Scheinwerfer schemenhaft eine Gestalt auf. Er legte eine Vollbremsung hin und riss die Tür auf. „Sind Sie lebensmüde", schrie er. „Ich hätte Sie fast überfahren!"

Die Gestalt rührte sich nicht, gab auch keine Antwort. Kurzentschlossen stieg er aus und stapfte auf die Reglose zu. Es war eine Frau. Jetzt sah er auch ihr Gesicht: Sie war noch sehr jung, höchstens siebzehn Jahre alt. In ihren Augen lag Angst. Blondes, gelocktes Haar klebte ihr im Gesicht. Die ganze Gestalt war eingeschneit. Wahrscheinlich stand sie hier schon längere Zeit. Frieder ergriff den Arm des Mädchens. „Kommen Sie! Ich darf hier nicht stehen bleiben. *Sie* dürfen es übrigens auch nicht! Wohin wollen Sie denn bei diesem Schneetreiben und in der Dunkelheit?"

„Wohin fahren *Sie* denn?", hörte er die leise gestellte Gegenfrage.

„Nach Berlin!"

„Das ist gut. Dorthin möchte ich auch. Würden Sie mich bitte mitnehmen?"

Warum nicht! Gesellschaft auf einer langen Fahrt war immer gut. Frieder ergriff auch noch den Koffer und schob ihn ins Auto. Er befreite Anne vom Schnee, erst dann half er ihr in die Fahrerkabine und setzte den Laster wieder in Gang. Als sie auf der Autobahn waren, sagte er: „Ich weiß zwar nicht, was Sie um diese Zeit an diesen Ort getrieben hat, aber Sie haben Mut! Fallen einfach wie eine Schneeflocke vor meine Räder!"

„Sie dürfen mich duzen", erwiderte das Mädchen. „Ich heiße Anne Wernicke und komme aus Wiesenberg. Es liegt an der Autobahn."

Frieder nannte nun ebenfalls seinen Namen. Ohne den Blick von der Straße zu lassen, griff er hinter sich und reichte Anne eine Wolldecke. Dankbar wickelte sie sich darin ein und kuschelte sich in die Polster des Beifahrersitzes. „Der Mann sieht vertrauenserweckend aus", dachte sie, während sie ihn von der Seite betrachtete, und sagte laut: „Vielen Dank fürs Mitnehmen."

Frieder lächelte. Sie hörte es an seiner Stimme, als er erwiderte: „Du hast mir ja keine Wahl gelassen!" Dann drehte er wegen des Wetterberichts das Radio lauter.

„Warum willst du nach Berlin?", fragte er nach einer Weile.

„Eine Tante besuchen, die Schwester meiner Mutter." Das war nicht gelogen. Leider hatte Anne keinen Kontakt zu ihr, kannte nicht einmal eine Adresse. Vielleicht war die Tante längst tot. „Umkehren werde ich auf keinen Fall", dachte sie entschlossen.

Von den Problemen seiner Mitfahrerin ahnte Frieder Scherer nichts. Er ließ sich fluchend über das Wetter aus und starrte angestrengt auf die Autobahn. Anne war froh, dass er nicht mehr über sie und ihre Familie wissen wollte.

Die Wärme und das gleichmäßige Motorengeräusch machten sie schläfrig. „Es muss weit nach Mitternacht sein!", dachte sie. Irgendwann würden sie Berlin erreichen und für sie würde vielleicht ein neues Leben beginnen. Dann verwirrten sich ihre Gedanken und sie schlief ein.

Frieder Scherer warf hin und wieder einen Blick auf das schlafende junge Mädchen. Diese Anne konnte ihm nichts vormachen

... sie war von daheim ausgebüxt! Hübsch war sie, das musste man ihr lassen!

Anne erwachte erst, als sie das Ziel erreicht hatten. Sie bedankte sich noch einmal fürs Mitnehmen und stieg aus. Frieder rief ihr zu: „Fröhliche Weihnachten und pass auf dich auf, Kleine!" Er hob die Hand, winkte und fuhr davon.

Weihnachten? Ach ja, heute war Heiligabend! Anne hatte dies vor lauter Kummer vergessen. Erst einmal musste sie ihren Koffer loswerden. Er war zwar nicht schwer, aber lästig. Frieder hatte sie wunschgemäß am Hauptbahnhof abgesetzt. Kurzerhand deponierte sie das Gepäckstück dort in einem Schließfach.

Es schneite schon wieder. Anne vergrub die Hände tief in den Manteltaschen und zog die Mütze weit über die Ohren herunter. Verdammt war das kalt! Die laute Stadt, die Menge hastender Menschen, die Hochhäuser, das alles war ihr fremd und bereitete ihr Unbehagen. Wie anders war es dort, woher sie kam: alles klein und bescheiden.

Was sollte sie jetzt tun? Wohin sich wenden? Vor jedem Schaufenster blieb Anne stehen und betrachtete die bunten Teller, gefüllt mit Süßigkeiten. Ein Weihnachtsmann aus Pappe nickte ihr zu und drohte gleichzeitig mit der Rute, immer im gleichen Rhythmus.

Menschen gingen in heiterem Gespräch an Anne vorüber: Sie freuten sich auf den Abend, die letzten Besorgungen unter dem Arm.

Von irgendwoher erklang Weihnachtsmusik. Sie ging den Tönen nach und befand sich unversehens auf einem Weihnachtsmarkt. Auf dem Platz stand eine riesige Tanne, der Schnee glitzerte in den Zweigen. Um die Buden herum roch es nach Lebkuchen, Glühwein und gebrannten Mandeln. Kinder lachten, Losverkäufer lockten

mit großen Gewinnen, Karussells drehten sich im Kreis. Ein Leier-
kastenmann spielte: 'Fröhliche Weihnacht überall!' Anne stand und
staunte. Es war wie im Märchen.

Eine Stimme riss sie jäh aus ihrer Versunkenheit. „Du siehst aus,
Mädchen, als hättest du Zeit! Hast du Lust, Lose zu verkaufen? Du
bekommst ein warmes Essen und natürlich auch Lohn. Mir scheint,
du könntest beides gebrauchen."

Anne musterte misstrauisch den Mann, der sie angesprochen
hatte. Er hatte nur ein gesundes Bein und stützte sich auf eine Krü-
cke. Sein bärtiges Gesicht machte ihr Angst. Schnell lief sie weiter,
doch bald blieb sie stehen und kehrte um ...

„Na, hast du es dir überlegt?", brummte der Bärtige, als Anne wieder bei ihm auftauchte. Sie nickte verlegen. Der Mann humpelte ihr
voraus in seinen Wohnwagen. Dort war es warm und gemütlich. Er
füllte einen Teller mit Suppe und schob ihn ihr mit freundlichem
Zuspruch über den Tisch. „Nenn mich Alfred", sagte er.

„Ich bin Anne", antwortete sie zwischen zwei Löffeln Suppe.

„Schön, Anne, dann erkläre ich dir jetzt mal, wie es läuft. Du
musst laut rufen. Mach es einfach wie die anderen! Wichtig ist vor
allem ein freundliches Gesicht."

Sie nickte und als sie auch den zweiten Teller Suppe hinter sich
gebracht hatte, drückte Alfred ihr einen kleinen Plastikeimer mit
bunten Losen in die Hand und schob sie hinaus ins Freie.

Ratlos blickte Anne sich um. „Was soll ich nur rufen, damit man
auf mich aufmerksam wird?", dachte sie. Der Bärtige stand vor dem
Wohnwagen und nickte ihr aufmunternd zu.

„Wer probiert's mal?", rief sie zaghaft und viel zu leise. Alfred
nickte wohlwollend. Da wagte sie eine größere Lautstärke: „Wer
macht hier mit? Wer riskiert`s? Wer möchte noch mal?" Tatsächlich

kauften die Leute Lose bei ihr, nicht zuletzt, weil sie ein so hübsches Mädchen war. Sie rief und rief, verkaufte und merkte kaum, wie die Zeit verging. Ein junger Mann hängte ihr ein Lebkuchenherz um den Hals. „Für die hübsche Losverkäuferin", sagte er und wünschte ihr ein frohes Weihnachtfest. Im Nu war es dunkel geworden und auch auf dem Weihnachtsmarkt erloschen die Lichter. Die Menschen gingen heim, dorthin, wo es warm war, wo Kerzen brannten und Geschenke auf sie warteten.

Alfred machte ein zufriedenes Gesicht. „Du kannst jetzt auch gehen", sagte er. „Deine Eltern werden sicher schon auf dich warten." Er entlohnte sie und begann den Inhalt seiner Andenken-Bude, die sich neben dem Wohnwagen befand, einzupacken.

Anne überlegte. Sollte sie sich Alfred anvertrauen, einem Fremden? Sie wagte es nicht. Unschlüssig stolperte sie über den jetzt fast dunklen Platz und geriet wieder auf die Straße. Ziellos bog sie mal rechts mal links in Seitenstraßen ein. Die Gegend wurde immer einsamer. Ein Schneemann im Vorgarten einer Villa reckte keck seine Mohrrübennase in den Himmel.

In einem ungenutzten Fabrikgebäude suchte Anna schließlich Schutz vor Schnee und Kälte. „Wie dumm von mir, im tiefsten Winter davonzulaufen", dachte sie. „Noch dazu an Weihnachten." Hier konnte sie unmöglich bleiben, wenn sie nicht erfrieren wollte. So schnell wie möglich machte sie sich auf den Rückweg, verirrte sich einige Male, fand endlich glücklich den Weihnachtsmarkt wieder und klopfte zaghaft an den kleinen Fensterladen des Wohnwagens. „Alfred!", rief sie laut und klopfte heftiger, denn sie zitterte vor Kälte und glaubte, dies keinen Moment länger aushalten zu können.

„Wer ist da?"

Das Fenster hinter dem Laden wurde geöffnet, man konnte es deutlich hören.

„Ich bin es! Anne, die Losverkäuferin!"

„Geh` zur Tür. Ich öffne." Eilig zog Alfred die Halberfrorene in den Wohnwagen, half ihr aus dem schneefeuchten Mantel und füllte eine Tasse mit heißem Tee für sie. Dann erst fragte er, warum sie nicht nach Hause gegangen sei.

„Ich habe hier keine Familie und wusste nicht, wohin. Ein Polizist hat mich aufgegriffen", log sie tapfer. „Ich sagte, ich sei Ihre Tochter!"

Alfred lachte freudlos auf. „Na, da ist dir vielleicht was eingefallen! Ich habe keine Tochter, ich habe niemanden." Er hantierte am Herd, Geschirr klapperte und dann stellte er einen Teller vor Anne hin: „Iss, Mädchen! Es ist Restsuppe von heute Mittag. Als ich dich sah, wusste ich sofort, dass mit dir etwas nicht stimmt." Eine Weile sah er Anne beim Essen zu. „Du bist also meine Tochter!", spottete er dann gutmütig. „Der Gedanke gefällt mir. Wie alt bist du denn, Tochter?"

„Siebzehn."

Alfred nickte nachdenklich. „Wenn meine Tochter noch lebte, wäre sie heute ..." Er brach ab, erzählte aber bald darauf, dass ihm zuerst die Frau gestorben sei. „Später lief meine Tochter davon. Sie behauptete, das Vagabundenleben, das ständige Herumziehen nicht mehr ertragen zu können. Leider geriet sie dann in schlechte Gesellschaft ... zu viel Alkohol ... Drogen ... na ja, irgendwann erhielt ich die Todesnachricht."

Nachdenklich blickte Alfred auf Anne. „Warum bist *du* von daheim weggelaufen? Denn das bist du doch ... oder? Und eigentlich hast du Angst vor mir, stimmt's?"

„Ein bisschen", gab Anne zu und fragte ablenkend: „Haben Sie keinen Baum? Heute ist doch Heiligabend."

Alfred hob die Schultern. „Weihnachten ist was für Kinder." Und er scherzte: „Konnte ich denn wissen, dass ich heute noch eine Tochter bekäme? Außerdem wirst du schon *Du* sagen müssen, wenn ich dein Vater sein soll."

Anne versicherte, das werde ihr nicht schwerfallen und bohrte weiter: „Hast du wirklich keinen Baum?"

Der Alte stand wortlos vom Stuhl auf und kramte in einer Ecke seines Wohnwagens. Sie hörte Papier rascheln. Als er sich aufrichtete, hielt er ein kleines, grünes Kunstbäumchen in der Hand, mit Kugeln geschmückt, nicht größer als Murmeln. „Frohe Weihnachten", sagte er und stellte das Bäumchen auf den Tisch. „Bist du nun zufrieden, Tochter?" Anne nickte strahlend.

„Jetzt brauchen wir noch eine Kerze", stellte er fest.

Während Alfred nach einer Kerze suchte, war Annes Blick auf zwei Bilder gefallen, die an der Wand des Wohnwagens hingen. Jetzt stand sie auf, um sie genauer zu betrachten. Alfred trat hinter sie. „Das sind meine Frau und meine Tochter." Er wollte ihr auch erklären, wer auf dem zweiten Bild zu sehen war, aber Anne unterbrach ihn überrascht: „Dieses Bild kenne ich! Der eine bist du und der andere ist mein Vater Herbert Wernicke, nicht wahr?"

Alfred musste sich vor freudigem Schreck setzen. „Das ist mal ein Christabend!", murmelte er. Erst schneite ihm eine Tochter ins Haus und dann war sie auch noch das Kind seines besten Kriegskameraden, der nach einem Kampf als vermisst gemeldet wurde. War es Bestimmung, dass er und das Mädchen sich getroffen hatten?

Anne kam nicht umhin, über ihren Vater zu berichten. „Gegen alle Hoffnung ist der doch heimgekommen. Er heiratete einige Jahre darauf meine Mutter. Ich habe noch zwei jüngere Brüder. Vor zwei Jahren wurde er sehr krank und starb." Dass es sich um eine Alkoholkrankheit handelte, erzählte Anne nicht. Aber sie redete sich ihren ganzen übrigen Kummer mit der Familie von der Seele.

Alfred hörte geduldig zu und tröstete sie am Ende: „Weihnachten darf man sich etwas wünschen! Versuch es! Irgendwann trifft es ein. Natürlich nicht gleich."

„Wünschen?", fragte Anne zweifelnd. Sie dachte an die große Not zu Hause. „Ach, Alfred! Meinen Wunsch kannst du mir nicht erfüllen, das kann nicht mal der Weihnachtsmann."

Alfred klappte eine Art schmales Bett aus der Wand und schlug vor: „Schlaf erst mal Tochter! Morgen fährst du jedenfalls zurück zu deiner Mutter und den Geschwistern, aber diesmal mit dem Zug!"

***

Und so war sie wieder in dem kleinen Nest gelandet mit ihrem Koffer und den unerfüllten Wünschen. Allerdings hatte sie nun einen treuen Freund und der Postbote stellte sich häufiger als sonst bei Wernickes ein.

Seit sie in Weimersheim wohnten, hatte sich der Winter erneut angemeldet.

Anne war inzwischen achtzehn Jahre alt und haderte nicht mehr mit ihrem Schicksal. Bei einem Bauern im Ort hatte sie Arbeit gefunden, lernte Melken, Füttern und Tiere ausmisten, was eine Magd ebenso leistete. Lohn erhielt sie wenig, aber ansonsten alles, was Stall und Felder hergaben. Hunger litt die Familie nicht mehr.

Manchmal dachte sie daran, Alfred zu besuchen, denn sie hatte ihn seit ihrem kurzen Aufenthalt in Berlin nicht mehr gesehen. Doch dafür hätte sie Geld ausgeben müssen! Außerdem reiste Alfred mit seiner Andenken-Bude und den Losen immer noch auf den Jahrmärkten umher.

An diesem Morgen im Winter hatte sie sich gerade den Schemel zurechtgerückt, um zu melken, als die Stalltür aufgerissen und ihr Bruder samt einer Fuhre Schnee hereingeweht wurde. „Anne komm schnell heim!", rief er außer Atem. „Der Postbote ist da. Er hat einen wichtigen Brief für dich. Du musst persönlich unterschreiben und er will nicht erst durchs ganze Dorf!"
Der Mann war außerhalb der üblichen Zeit extra mit seinem Fahrrad aus dem Nachbarort gekommen und hoffte auf einen Schnaps zum Aufwärmen, während er wartete. Aber bei Wernickes war nichts zu holen, vor allem kein Alkohol.
Als Anne die Küche betrat, fragte er in amtlich-wichtigem Ton: „Sind Sie Anne Wernicke?"

Sie nickte und dachte belustigt: „Nun kennt er mich schon so lange ..."

„Unterschreiben Sie hier, bitte", verlangte der Mann und schwang sich danach wieder auf sein Rad.

Ein amtlicher Brief! Voller Neugier riss sie den Umschlag auf und las ... Ihr Gesicht nahm einen bestürzten Ausdruck an. „Mama!" Ihre Stimme zitterte. „Alfred ist gestorben. Er hat mir den Erlös aus dem Verkauf seines Wagens und seine gesamten Ersparnisse vermacht. Hier, lies selbst. Ich muss schnell zurück." Sie legte den Brief auf den Tisch und rannte wieder in den Schnee hinaus — Erbe hin, Erbe her — die Kühe mussten gemolken werden.

Auf dem Weg zum Stall machte sie zum ersten Mal wieder Pläne, im Herzen voller Dankbarkeit Alfred gegenüber. Nun besaß sie das Geld, um sich ein eigenes Zimmer zu mieten und dort zu arbeiten, wo es ihr so gefallen hatte — in der Malerei. Ob Susanne da noch beschäftigt war? Na, die würde Augen machen!

„Danke, Alfred! Du warst mein Weihnachtsengel", dachte sie. „Wie viel Schlimmes hätte mir in Berlin widerfahren können, hätte ich nicht dich getroffen." Und ihr war, als hörte sie Alfred brummen: „Weihnachten darf man sich etwas wünschen, Tochter. Irgendwann geht es in Erfüllung."

***

Zwei Monate später hatte Anne für sich ein passendes Zimmer in der Stadt gefunden. Ihr ehemaliger Chef hatte sie, wie versprochen, mit Freuden wieder eingestellt. Susanne fiel aus allen Wolken, als sie an ihrem alten Arbeitsplatz in der Malerei erschien.

Was Anne verdiente, reichte für die Miete, das Essen und die Unterstützung der Familie aus. Hin und wieder hob sie auch eine kleinere Summe von ihrem 'Erbe' ab. Das Glück, schien endlich bei ihr einzukehren. Sie war rundum zufrieden.

Susanne und Anne wurden die besten Freundinnen. Sie gingen gemeinsam einkaufen oder ins Kino, hockten Abende lang bei Susannes Eltern, blätterten in Illustrierten und machten, von den bunten Bildern inspiriert, Pläne für die Zukunft.

„Weißt du was? Morgen gehen wir tanzen", bestimmte die unternehmungslustige Susanne eines Tages. „Und sag` nicht Nein. Du musst endlich unter Menschen. Zeig allen, wie hübsch du bist!"

Anne lachte verlegen und puffte die Freundin in die Seite. „Hör` schon auf! Ich und schön!" Aber sie versprach: „Also gut, geh'n wir morgen tanzen."

Es gab in der Stadt ein bekanntes Lokal mit einer kleinen Tanzfläche. Sie ergatterten den letzten freien Tisch, bestellten sich ein alkoholfreies Getränk und blickten den tanzenden Pärchen zu. Bald schon forderte ein junger Mann Susanne zum Tanz auf und dann hörte Anne neben sich eine Stimme, die ihr bekannt vorkam: „Darf ich bitten, Fräulein Anne!"

Ungläubig blickte sie auf. Es war tatsächlich Frieder Scherer, der nette Lastwagenfahrer, der sie damals nach Berlin mitgenommen hatte. Seine braunen Augen blitzten sie freudig überrascht an. Anne fühlte, dass ihr das Blut ins Gesicht stieg. Als hätte er das schon oft getan, führte Frieder sie zur Tanzfläche. Sie lag in seinen Armen und es fühlte sich gut an. Ein noch nie erfahrenes, beglückendes Gefühl nahm von ihr Besitz: War das Liebe? Die Große, auf die sie gewartet hatte?

Nach dem Tanz setzte Frieder sich auf den dritten, freien Stuhl an ihrem Tisch, erzählte viel, erwähnte jedoch jene Fahrt nach Berlin mit keinem Wort. Anne war das nur recht.

Als er sich mit verlegenem Grinsen für die, wie er sagte, Dauer eines 'notwendigen Geschäftes' vom Tisch entfernte, bemerkte Susanne: „Dich hat es mächtig erwischt! Aber ist er nicht ein bisschen zu alt für dich?"

„In der Liebe geht's doch nicht nach dem Alter", behauptete Anne, als habe sie in dieser Hinsicht Erfahrung. Aber ja! Es hatte sie ordentlich 'erwischt' und – wie es schien – galt das auch für Frieder, denn drei Monate später hieß sie nicht mehr Anne Wernicke, sondern Anne Scherer. Die Trauung fand nur auf dem Standesamt statt. Und wiederum verließ Anne die Malerei, um nun ihren Mann beruflich tatkräftig zu unterstützen.

***

Über den Bildern aus der Vergangenheit hatte Anne der Schlaf doch übermannt, aber der brachte ihr Albträume, die leider nur zu sehr der Wahrheit entsprachen. Sie erwachte schweißgebadet und fühlte sich wie gerädert. Der Morgen brach bereits an. Hatte sie wirklich geschlafen? Draußen lag wie ein Leichentuch Schnee in Massen und über ihr hing als dunkle Wolke das Gespenst der Scheidung.

Anne bekam Herzklopfen und Atemnot. Sollte es Frieder wirklich gelingen, die Kinder zu bekommen? Das würde sie nicht überleben. Warum also nicht gleich mit den Mädchen zusammen dem Elend ein Ende machen? Sie dachte ja nicht zum ersten Mal daran. Der schlimmste Schmerz, war der Schmerz in ihr, den sie nicht zeigen durfte, nicht erklären konnte. Über den sie nicht sprechen durfte, der ihr Herz zerriss, ihre Seele zum Weinen und sie innerlich umbrachte.

Oben im Kinderzimmer polterte und rumorte es. Wer weiß, was die beiden wieder anstellten! Anne zog sich an und bereitete in der Küche wie stets das Frühstück vor. Heute waren weder Kindergarten noch Schule fällig.

Nach dem Frühstück rief sie Frieders Eltern an, die leider ein gutes Stück weit weg wohnten. Die Mutter weinte haltlos, als sie erfuhr, was sich ereignet hatte, und war zu keinem vernünftigen Wort fähig. Anne legte den Hörer schließlich auf.

Sie telefonierte auch mit Ihrer eigenen Mutter. Die reagierte ganz anders: 'Das habe ich kommen sehen! Du wolltest ja nicht hören! Gleich nach dem ersten Mal 'Fremdgehen' hättest du dich von dem Kerl trennen sollen. Der Kater lässt das Mausen nicht! Ich habe dir's vorausgesagt.'

Was für ein Trost!

„Das ist nun wirklich das Ende!", dachte Anne. „Mir bleibt nur noch *ein* Ausweg ...

„Kommt, Kinder, wir gehen spazieren", rief sie mit unechter Fröhlichkeit.

***

Keiner der Vorübereilenden nahm Notiz von der jungen, schlanken, gut gekleidet Frau, die mit zwei kleinen Kindern an der Hand am Geländer der Brücke stand und in das schnell fließende Wasser blickte. Blonde Haare umwehten ihr Gesicht.

Die zweijährige Carolin und die sieben Jahre alte Manuela blickten neugierig zwischen den Eisenstäben ins Wasser hinunter, lachten und freuten sich, als sich ein Dampfer unter der Brücke hindurchschob. Sie ahnten nicht, warum sie hier so lange verweilten. Die Tränen ihrer Mutter bemerkten sie nicht, auch nicht ihr leises Schluchzen, denn es wurde vom Wind davongetragen. Manuela wurde es schließlich langweilig. Sie zog an der Hand der Mutter.

„Komm, Mama, mir ist kalt."

„Ja, gleich", sagte Anne und wusste, jetzt musste sie sich entscheiden, bevor auch noch die Kleine zu quengeln begann. Sie wischte sich mit dem Ärmel die Tränen fort, blickte auf ihre Lieblinge.

Es galt, das Vorhaben ausführen. Doch plötzlich wusste sie nicht mehr, wie sie es anstellen sollte, obwohl sie das Szenario unterwegs in Gedanken viele Male durchgegangen war. Sprang sie gemeinsam mit ihnen, oder stieß sie die Kinder zuerst hinunter und folgte ihnen dann? Eine ganze Weile starrte Anne unentschlossen ins Weite, überhörte das Betteln der Kinder, endlich weiterzugehen, und mit einmal wusste sie, dass dies nicht die Lösung sein durfte.

Sie ließ Manuelas Hand los, strich sich die Haare aus dem Gesicht, hob den Kopf und rief in den Wind: „Das bist du mir nicht wert! Du nicht!"

Die beiden Mädchen zuckten erschrocken zusammen und blickten irritiert auf die Mutter, verstanden den Sinn dieses Aufschreis nicht, dazu waren sie noch zu klein. Ein Pärchen schüttelte im Vorübergehen den Kopf, bewegte die Hände vor dem Gesicht – die bezeichnende Geste für Irrsinn – und beschleunigte den Schritt.

Anne schien jetzt wie ausgewechselt, ja, sie lächelte sogar ein wenig. Mit Sicherheit kannte sie nun den Weg, den sie mit ihren Kindern zu gehen hatte, den sie längst hätte einschlagen sollen. „Kommt mit nach Hause", sagte sie. „Sonst erfriert ihr mir hier noch."

Die Adventszeit begann. Frieder hatte inzwischen seine Koffer gepackt und war ausgezogen. Anne schlief dennoch weiterhin im Gästezimmer. Sie brachte es nicht fertig, sich in das Bett zu legen, in dem es sich seine Geliebte bequem gemacht hatte.

Manuela fragte oft nach dem Vater. Anne erfand tausend Ausreden, warum er nicht bei ihnen war, bis ihr nichts mehr einfiel und sie bei solchen Anlässen nur noch die Schultern hob. Irgendwann fragte das Kind nicht mehr.

Das Weihnachtsfest rückte näher. Anne schmückte die Räume weihnachtlich, buk Kuchen und Plätzchen mit den Kindern und kaufte Geschenke. Sie versuchte, den täglichen Rhythmus beizubehalten, den die Mädchen gewohnt waren. Falls Frieder Weihnachten an seine Kinder dachte und sie besuchte, würde sie sich zurückhalten. Doch er kam nicht, weder am Heiligabend noch an den Feiertagen.

***

Im Laufe des folgenden Jahres verbrachte Anne viel Zeit mit dem Lösen gesetzlicher Probleme in Bezug auf die Scheidung. Auf Anraten ihres Anwalts erstellte sie eine Liste der Dinge, die sie für sich und die Kinder beanspruchte. Sie führte darin nur ihr persönliches Eigentum und die Einrichtung des Kinderzimmers auf.

Dr. Müller versicherte, er werde versuchen zu erreichen, dass sie mit den Kindern weiterhin im Haus wohnen dürfe. Allerdings sei dies mit gewissen Auflagen verbunden, denn das Haus sei noch nicht abbezahlt. Der Unterhaltsbetrag, den Frieder für sie und die Kinder leisten müsse, werde keinesfalls zusätzlich für eine Ratenzahlung von ihrer Seite ausreichen.

Anne wehrte ab: „Ich will ja gar nicht in diesem Haus bleiben."

Müller erläuterte ihr in einem langen Gespräch, sie solle nicht voreilig auf etwas verzichten. Ihr Mann müsse sie auszahlen. Werkstatt und Haus liefen zwar auf seinen Namen, doch sie hätten ein gemeinsames Bankkonto und lebten in Gütergemeinschaft. „Seien Sie also nicht töricht!", beschwor er seine Klientin.

Schließlich schickte der Anwalt den Scheidungsantrag samt Unterhaltsforderungen für Anne und die Kinder zum Familiengericht.

Inzwischen musste Frieder die Unterlagen bekommen haben. Anne erwartete, dass er ins Haus kommen würde, um vor Wut erneut die Hand gegen sie zu erheben. Das geschah jedoch zu ihrer Erleichterung nicht.

Zufällig stieß Dr. Müller im Zusammenhang mit einem privaten Vorhaben noch auf einen erstaunlichen Umstand 'in der Sache Scherer gegen Scherer'. Er selbst suchte schon längere Zeit nach einem passenden Haus, um seine Kanzlei zu vergrößern. Eine alte Villa im Zentrum der Stadt schien ihm dafür geeignet zu sein. Leider war das Anwesen kurz zuvor bereits verkauft worden und es wohnten auch noch zwei Mietparteien darin. Nur die Hauptwohnung war frei. Aber vielleicht ließ sich das Gebäude mieten und er fand für die Mieter andere Wohnungen? Über das Grundbuchamt erfuhr Müller den Namen des neuen Besitzers und diese Bombe wollte er im rechten Moment vor Gericht platzen lassen.

$$***$$

Der Scheidungstermin war auf Mitte Januar des folgenden Jahres festgesetzt worden.

Offenbar hatte Frieder keinen Einspruch gegen die Scheidung erhoben. Jedenfalls hielt Dr. Müller sich Anne gegenüber bedeckt. Sie selbst hatte ja nicht die geringste Ahnung, wie solche Dinge abliefen. Am liebsten hätte sie sich vor dem Erscheinen bei Gericht gedrückt, doch als sie vorsichtig nachfragte, ob sie beim Termin unbedingt dabei sein müsse, meinte der Anwalt kopfschüttelnd:

„Wie stellen Sie sich das vor, Frau Scherer? Bei der eigenen Scheidung durch Abwesenheit zu glänzen!"

Annes Mutter bot sich an, auf die Kinder aufzupassen. „Mach dich hübsch und heul' nicht", sagte sie. „Antworte ruhig und sachlich, wenn man dir Fragen stellt."

Heute war nun der entscheidende Tag!

Auf dem Weg zum Gericht merkte Anne, dass ihre Hände zitterten. Sie konnte das Lenkrad kaum ruhig halten. „Nimm dich zusammen! ", befahl sie sich. „Du schaffst das! Und es ist allemal leichter, als mit den Kindern von der Brücke zu springen."

Die Erzählungen ihrer Mutter fielen ihr ein über die Flucht aus der Heimat während des Krieges, über Kälte, Hunger und Entbehrungen. Eine lange Zeit war sie — damals noch ein sechsjähriges Mädchen — mit ihren zwei älteren Geschwistern, den Winzlingen von Brüdern, wie viele andere zu Fuß unterwegs gewesen. Hinter ihnen brannte die Heimat. Oft schliefen sie zwischen Lebenden und erwachten neben Toten. Die Mutter hatte berichtet, wie sie mit ihnen über schneeverwehte Straßen zogen, ehe sie endlich ein Unterkommen fanden, wie sie in den ersten Nachkriegsjahren mit einem Sack unterwegs waren, sich nach jeder vergessenen Ähre bückten, Kartoffeln, Bucheckern, Pilze, Blaubeeren und Holz sammelten, auch Kohlen stahlen, um den Ofen zu heizen. *Das* waren Probleme! Damals war es ums nackte Überleben gegangen! Im Verhältnis dazu sollte sie wohl eine Scheidung mit Anstand hinter sich bringen.

Frieder Scherer stand mit seinem Rechtsanwalt vor dem Gerichtsgebäude. Beide führten eine heftige Debatte, denn Frieder gestikulierte aufgeregt. Offenbar war einiges zwischen ihnen unklar! Anne lief mit abgewandtem Gesicht an beiden vorüber.

Im Gebäude wurde sie von Dr. Müller erwartet. Auch er hatte noch etwas mit seiner Klientin zu besprechen. „Besitzt ihr Mann außer dem neuen Haus noch eine weitere Immobilie in der Stadt?"

„Die Werkstatt", antwortete Anne.

„Die meine ich nicht!" Dr. Müller präzisierte: „Ich denke an ein Grundstück mit Wohnhaus."

Anne schüttelte entschieden den Kopf. „Nicht, dass ich wüsste! Darf ich fragen, warum das wichtig ist? "

„Fragen dürfen Sie, aber Antwort werden Sie von mir erst da drin erhalten." Müller wies auf die Tür, vor der sie warteten.

Frieder und sein Anwalt erschienen nun auch. Anne wandte beiden den Rücken zu. „Wenn es nur endlich vorbei wäre!", dachte sie.

Und dann wurden sie aufgerufen: 'In der Sache Scherer gegen Scherer!'

Einen Augenblick schien es Anne, als rutsche ihr der Boden unter den Füßen weg. Aber der Panikanfall ging zum Glück schnell vorüber.

„Nehmen Sie Platz!", bat der Richter. Beklommen setzte Anne sich auf ihren zugewiesenen Stuhl und heftete den Blick auf den Schreibtisch des Juristen.

Der Richter begann mit den üblichen Formalitäten: Er kontrollierte die Ausweise der Noch-Eheleute und prüfte die Vollständigkeit der vorliegenden Dokumente.

Anne verkrampfte die Hände im Schoß. Hätte sie aufgeblickt, wäre ihr Frieders verkniffenes Gesicht aufgefallen. Endlich stellte Dr. Müller offiziell den Antrag auf Scheidung der Ehe und Gleiches tat Frieders Anwalt mit einer gewissen Eile, wie es schien.

Der Richter forderte Anne auf, sich zu ihrem Antrag zu äußern, und ermahnte sie, bei der Wahrheit zu bleiben.

Der gefürchtete Augenblick war gekommen.

'Heul nicht!', hörte sie die Stimme ihrer Mutter und dann vernahm Anne ihre eigene Stimme, als stünde sie neben sich. Sie benannte den Tag ihrer Eheschließung, schaffte es, Frieders mehrfache Untreue – den Grund für ihre Scheidungswilligkeit – in drei Sätzen abzutun, gab an, seit wann sie von ihm getrennt schlief und seit wann er sie und die Kinder verlassen hatte. „Aus diesen Gründen kann ich mir eine Weiterführung der Ehe nicht mehr vorstellen und beantrage die Scheidung", schloss sie, wie der Anwalt es ihr eingeschärft hatte.

Nun war Frieder an der Reihe. In Erwartung der Zustimmung zur Auflösung der Ehe wandte sich der Richter ihm zu.

Scherer ignorierte den warnenden Blick seines Anwalts, sprang vom Stuhl auf und erklärte in aufgebrachtem Ton: „Ich erhebe Einspruch! Ich werde mich nicht scheiden lassen! Niemals!"

Die beiden Rechtsanwälte tauschten einen bezeichnenden Blick, den nur der Richter wahrnahm. Was sollte das heißen? Er war davon ausgegangen, dass eine einvernehmliche Scheidung zustande kommen werde. Und nun das!

„Setzen Sie sich, Herr Scherer!", befahl er sehr bestimmt. „Mir liegt eine schriftliche Einverständniserklärung Ihrerseits vor, dass Sie der Scheidung zustimmen, sonst säßen wir heute gar nicht hier. Die finanziellen Angelegenheiten wurden zwischen den Rechtsanwälten Dr. Müller und Dr. Weiß bereits ausgehandelt. Sie übernehmen, laut diesen Angaben, das neuerbaute Haus, weil die finanziellen Belastungen für ihre ehemalige Frau zu hoch sind. Sie darf indes solange darin wohnen, bis sie eine geeignete Wohnung gefunden hat. Der Unterhalt für Anne Scherer und Ihren gemeinsamen Kinder Manuela und Carolin wurde mit ihrem Einverständnis errechnet und ist – soweit es die Kinder betrifft – bis zum achtzehnten Lebensjahr zu zahlen. Sie haben weiterhin dem alleinigen Sorgerecht der Mutter für die Kinder zugestimmt und die Erlaubnis für deren Besuch von der Einwilligung Ihrer ehemaligen Frau abhängig gemacht. Da sie bei Schließung der Ehe keine Gütertrennung vereinbart haben, steht Frau Scherer auch ein Zugewinn aus der Werkstatt zu. Damit waren Sie einverstanden, ebenso mit der Überlassung des Autos, das ihre Frau gegenwärtig fährt und das auf deren Namen zugelassen ist. Und nun frage ich Sie: Was soll das Theater?"

Anne warf einen hilflosen Blick auf Dr. Müller. Der nickte ihr beruhigend zu, hob die Hand und bat, sich zu einer noch ungeklärten Angelegenheit äußern zu dürfen.

„Ich höre!", sagte der Richter.

„Da Frau Scherer – fußend auf der Ihnen vorliegenden Regelung – gezwungen sein wird, sich eine Wohnung zu suchen, schlage ich vor, dass sie und die Kinder in eine Villa in der Kaiserstraße ziehen, die Herr Scherer ohne Wissen seiner Frau vor Kurzem erworben hat. Dies kommt zudem einer Verschleierung des Vermögenszustandes gleich und könnte für ihn im vorliegenden Fall noch ein unangenehmes Nachspiel haben."

Das war es also, was Müller ihr draußen nicht hatte verraten wollen! Für wen hatte Frieder diese Villa gekauft? Gewiss nicht für sie, wenn auch von ihrem gemeinsamen Geld!

Anne fühlte, wie Wut in ihr aufstieg ... 'Sachlich bleiben!', hörte sie ihre Mutter.

Auf der gegnerischen Seite entstand eine Art Tumult. Scherer sprach auf den Anwalt ein und der war sauer, sehr sauer! Anne hörte etwas wie 'Wahrheit' und 'Offenlegung'.

„Aua, Frieder!", dachte sie mit einer gewissen Schadenfreude, für die sie sich seltsamerweise nicht schämte, „das tut weh!"

„Haben sich die Herren endlich geeinigt oder brauchen wir einen neuen Termin?", fragte der Richter mit beißender Ironie. Gleich darauf verkündete er mit amtlich kühler Stimme: „Da das Trennungsjahr bereits um etliches überschritten ist, steht dem Scheidungsverlangen der Antragstellerin nichts im Weg. Beiden Parteien geht der Scheidungsbeschluss mit der Post zu. Herrn Scherer steht es frei, binnen vier Wochen nach dessen Erhalt dagegen Beschwerde einzulegen. Geschieht dies nicht, ist die Scheidung von da an rechtskräftig! Ich betrachte die Angelegenheit vorerst als ausgehandelt."

***

Vier Wochen später war Anne eine rechtskräftig geschiedene Frau. Frieder hatte keinen Einspruch erhoben. Kurz darauf erhielt Anne von Dr. Müller auch die Nachricht, dass es ihm gelungen sei, Frieder zu bewegen, die Villa auf Annes Namen umschreiben zu lassen. Eine Kopie des Eintrags beim Grundbuchamt war beigelegt. Im Gegenzug sollte Anne auf eine Anzeige wegen versuchten Betrugs verzichten.

Zwei Tage darauf fand sie die Schlüssel zum benannten Anwesen in ihrem Briefkasten vor. Anne war erleichtert. Nun konnte sie mit Umzug beginnen. Tapetenwechsel! Endlich! Den Kindern hatte sie schon vor längerer Zeit erklärt, warum der Vater nicht mehr mit ihnen zusammenlebte. Begriffen hatte es wohl nur die Große, die ja schon in die Schule ging.

Nun besichtigte Anne mit den Töchtern die Villa, ihr amtlich verbrieftes Eigentum. Im Haus wohnten noch zwei weitere Mieter. Vom Garten her erreichte man eine Einliegerwohnung, früher wahrscheinlich dem Dienstmädchen oder Gärtner vorbehalten. Im oberen Stockwerk lebte eine Familie mit vier Kindern. Die Miete dafür fiel Anne zu.

Das Haus war stabil gebaut und besaß Holzfußböden. Das untere Geschoss, das Anne insgesamt zur Verfügung stand, befand sich in gutem Zustand, nur das Bad gefiel ihr nicht: Es war uralt und 'abgenutzt'. Aber das ließ sich erneuern. In der geräumigen Küche fand sich ausreichend Raum, um einen Platz für die täglichen Mahlzeiten einzurichten. Im Wohnzimmer befand sich ein kleiner Erker, ein ausgezeichneter Ort, um auszuruhen und zu träumen. Und Träume würde Anne sich nun wieder leisten, denn eine große Last war von ihr abgefallen.

Zu ihrer Überraschung fand sie die Räume bereits renoviert vor. War das auf Frieders Veranlassung geschehen? Hätte Lisa hier einziehen sollen? Anne fand nur diesen Grund als Erklärung für den heimlichen Kauf. Vorbei. Es ging sie nichts mehr an.

Manuela gefiel der kleine Erker auch. „Hier mache ich meine Schulaufgaben", kündigte sie an. Anne lächelte, — Kinder erlebten die Welt eben eher wie ein Abenteuer, mal schön, mal traurig. Sie nahm die Mädchen zum Möbelkauf mit und leistete sich neben dem Mobiliar auch Kühlschrank und Fernsehgerät. Schließlich überließ sie Frieder alles, was im Haus angeschafft worden war. Dass er ihr die Neu-Einrichtung bezahlte, auch das hatte Dr. Müller noch ausgehandelt.

Binnen weniger Tage war die Wohnung fertig eingerichtet. Doch sie blieb noch im Haus. Den Geburtstag von Carolin wollte sie noch dort feiern, weil ihre Freundinnen alle in der Nähe wohnten.

Am anderen Morgen, als sie alleine beim Frühstück saß, die beiden Mädels noch schliefen, hatte Anne eine Idee. Sie wählte die Nummer der Werkstatt und hatte Glück. Frieder hob ab. Annes Stimme begann leicht zu zittern.

„Ich wollte dich morgen an Carolins Geburtstag erinnern. Außerdem habe ich einige Bekannte eingeladen, Frauen, die mir in der kurzen Zeit, in der wir hier leben durften, lieb geworden waren. Sozusagen einen Abschiedskaffee", log sie.

„Mal schauen, wie ich hier wegkomme", sagte er und hing ein. Anne hielt den Hörer noch eine Weile in der Hand. Sie war enttäuscht, über die kurze, kalte Antwort. Was hatte sie denn erwartet! Sie waren geschiedene Leute, auch wenn er sich seine Zukunft anders ausgemalt hatte. Das hätte ihm gefallen. Alle zusammen in einem Haus, die eine für die Arbeit, die andere fürs Vergnügen. Anne hatte ihm einen Strich durch die Rechnung gemacht. Das stieß ihm sicher bitter auf.

Sie arrangierte ein ihr bekanntes junges Mädchen, die sich in der Zeit um die vier Kinder kümmern sollte. Platz zum Toben war genug drinnen wie draußen auf der Terrasse. Alles war gut durchdacht. Hoffentlich spielten die Gäste mit. Sie suchte die Adressen samt Telefon-Nummern heraus und nahm den Hörer in die Hand. Fast verließ Anne der Mut. Ihre Hand zitterte, als sie auf die Tasten drückte.

„Guten Tag, Frau F. Mein Name ist Anne Scherer. Ich würde sie gerne einmal kennenlernen und morgen zu einem kleinen Plausch bei Kaffee und Kuchen einladen. Auch Frieders Junge ist herzlich eingeladen. Meine Kleinste hat Geburtstag und würde sich sehr darüber freuen. Meine Adresse ist ihnen ja sicher bekannt."

Kurzes Schweigen, als müsse sie überlegen, dann sagte sie zu. Anne fiel ein Stein vom Herzen. Schien eine unkomplizierte Person zu sein! Ihre Stimme war sehr sympathisch, hörte sich auch nicht wie ein junges Mädchen an.

Auch die Nächste, Frau Sch. war nach einigem Zögern einverstanden. Doch zuerst wollte sie wissen, wozu das gut sein sollte! Nachdem Anne ihr erklärt hatte, es würde ihr sehr viel bedeuten, denn sie möchte gerne ergründen, mit welchem Mann sie 10 Jahre vergeudet hat. Sie sollte sich keine Sorgen machen, es ginge nur um die Stunde der Wahrheit. Sie versprach zu kommen und ja, Frieders Tochter würde sie selbstverständlich mitbringen.

Bei Lisa, der Dritten, wurde es schwieriger, als Anne sie bat, Frieder davon nichts zu erzählen. Es sollte für ihn eine Überraschung werden. „Mal sehen", meinte sie, „ich werde es auf jeden Fall versuchen."

Am nächsten Tag, pünktlich zur Kaffeezeit trudelten die Gäste ein. Anne begrüßte die ihr fremden Frauen freundlich, führte sie ins Esszimmer und bat Platz zu nehmen. Sie bekam keine große Gelegenheit, deren Kinder kennenzulernen, denn die Terrassentür nach draußen stand weit offen, und die beiden stürmten sofort nach draußen, zu Annes Kindern, Manuela und Carolin.

„Ich freue mich, dass Sie meiner Einladung gefolgt sind", begann Anne und setzte sich den beiden gegenüber auf einen Stuhl.

Frau F. war die Älteste in der Runde, dazu sehr nett. Anne schätzte sie in Frieders Alter. Frau Sch. war ungefähr in Annes Alter. Von der Terrasse her hörte man lautes Kinderlachen. Anne schmunzelte, den Kindern gefiel es. Sie hatten Spaß.

„Um es gleich zu sagen", begann Anne, „es gibt keine Schuldzuweisungen, denn wir sind, wie ich das sehe, nur Opfer eines Mannes geworden, der Liebe mit Sex verwechselt. Frieder ist ein gewissenloser Schuft, der keine Ehre im Leibe hat und Gott sei Dank, bin ich jetzt von ihm geschieden. Heute ist mein letzter Tag hier im Haus. Die Nächste wartet schon, um einziehen zu können. Nur für die, die es nicht wussten."

Die Frauen hoben erstaunt die Köpfe, starrten sie an, und der Kuchen, der mittlerweile auf den Tellern lag, blieb ihnen fast im Halse stecken. Anne bemerkte es und meinte gelassen, „ich bin dafür, uns einen kleinen Trunk zu genehmigen. Hat jemand etwas dagegen?" Nein, hatten sie nicht.

Sie holte vom Nebentisch eine Flasche Likör und Gläser und goss ein.

Nach dem dritten Glas wurde die Begegnung schon lockerer. So nebenbei meinte Anne ganz gelassen, „eine fehlt noch, ich hoffe, sie hat es sich nicht anders überlegt!"

Die beiden Frauen horchten auf, wurden neugierig. Anne konnte in ihren Gesichtern lesen, was sie dachten. „Was, noch eine? Noch eine mit einem Kind? Das wird spannend."

Und dann klingelte es.

Anne sprang auf und drückte auf den Türdrücker, doch Lisa war schon im Haus. Sicher mit Frieders Haustürschlüssel. Sie hörte ein kurzes `Hallo`, dann lief sie schnurstracks an ihr vorbei ins Esszimmer, pflanzte sich auf den erstbesten Stuhl, blickte kurz in die Runde, sprang wieder auf, sodass der Stuhl ins Wanken geriet und stürmte auf Frau F. los. Sie packte sie an den Schultern und benahm sich, wie eine Furie.

„Verschwinde, Mutter, du hast hier nichts zu suchen. Oder willst du mir weismachen, mein kleiner Bruder sei von Frieder Scherer?" Lisa hatte anscheinend schnell begriffen, worum es hier ging.

Anne hörte nur das Wort `Mutter` und es fiel ihr wie Schuppen von den Augen, deswegen war sie die Älteste in der Runde. Hier offenbarte sich sichtlich ein Drama. Da Lisa ihr nur mit Vornamen vorgestellt worden war, wusste Anne nicht, wie sie mit Nachnamen hieß. Sonst wäre ihr die Namensgleichheit schon vorher aufgefallen. Selbst am Telefon hatte sie sich ja nur mit Hallo gemeldet.

Frau F. blickte hilfesuchend auf Anne. Es wurde Zeit einzugreifen.

„Stopp! So nicht!" Anne ging auf Mutter und Tochter zu, zog sie weg und stieß sie heftig auf ihren Stuhl zurück.

„Moment, Lisa, hier wird niemand des Hauses verwiesen. Noch habe ich hier das Sagen. Hier wird nicht geschrien noch geprügelt. Aber vielleicht erzählt uns deine Mutter ihre Geschichte, die du offensichtlich noch nicht kennst. Dir steht es selbstverständlich frei, das Haus zu verlassen."

Anne goss ihr Kaffee ein und stellte ihr ein Stück Kuchen hin. Sie schob es wütend beiseite, beruhigte sich aber.

„Was ein Sumpf", dachte Anne. „Die Mutter hatte ein Kind von Frieder und Lisa, ihre Tochter, war vom gleichen Mann schwanger."

„Hat jemand Lust, ein wenig aus seinem Leben zu erzählen? Keine großen Geschichten, nur in Kurzform. Mich interessiert eigentlich nur, wie wir alle auf so einen Windhund reinfallen konnten."

Frau F. war nicht abgeneigt. Sie begann, mit einem Seitenblick auf ihre Tochter, zu erzählen.

„Ich habe eine Dummheit begangen, die ich nie wieder gut machen kann. Ich war die beste Freundin von Frieders geschiedener Frau. Als sie mit seinem Geschäftspartner, sie hatten gemeinsam eine Autowerkstatt, davonlief und ihn mit einem Haufen Schulden zurückließ, tröstete ich ihn und so ist es passiert."

Das war eine ehrliche Antwort, die ihr Frieder ungefähr auch so erzählt hatte.

Frau Sch. zögerte noch ein wenig. Sie suchte nach Worten.

„Wie es so ist", begann sie. „Wir lernten uns in dem Lokal kennen, in dem Frieder kegelte. Er machte mir schöne Augen, ich verliebte mich in ihn. Dass er verheiratet war, hatte er mir verschwiegen. Es lief über einige Wochen und dann war es passiert. Es tut mir leid, Frau Scherer. Wirklich."

Kaum hatte sie ausgesprochen, verstummte sie, denn Frieder war auf der Terrasse aufgetaucht. Er hatte die Außentreppe zwischen Haus und Garage benutzt.

Ob er wusste oder ahnte, wessen Kinder er vor sich hatte und begrüßte!

Anne hatte nun keine Gelegenheit mehr, Lisa als die neue Frau des Hauses vorzustellen, aber das konnten die anderen sich denken.

Die drei hielten die Luft an, als er ins Esszimmer trat.

Anne hatte sich schnell unter Kontrolle. Sie erhob sich.

„Das ist aber schön, dass du doch noch gekommen bist. Darf ich dir meinen Besuch vorstellen? Das ist Frau F, Frau Sch, und Lisa kennst du ja. Draußen auf der Terrasse spielen deine vier Kinder und haben viel Spaß zusammen. Dein Produkt aus zehn Jahren Ehe. Bald werden es fünf sein. Fünf Kinder mit vier Frauen. Freust du dich, alle mal wiederzusehen?"

Frieder hatte sich längst auf einen Stuhl fallen lassen. Blass und verstört war er nicht fähig, auch nur ein einziges Wort zu sagen. Anne trafen giftige Blitze, die jedoch abprallten. Sie erwartete ein Gewitter, doch nichts geschah.

Plötzlich erhob er sich. Er riss Lisa vom Stuhl hoch, und beide verließen die freundliche Tafelrunde, als wäre der Teufel hinter ihnen her.

Schweigend goss Anne ein Likörchen nach und sagte „Prost! Er ist nicht nur ein Ehebrecher, sondern auch noch ein Feigling!"

***

Norbert Meißner, ein langjährig beschäftigter Monteur aus der Werkstatt, brachte ihr mit einem Kleinbus das Kinderzimmer aus dem 'alten Zuhause' und stellte es auch auf.

Sie sprachen wenig, doch als das Kinderzimmer aufgebaut war, rutschte ihm eine Bemerkung heraus: „Es tut uns allen so leid, Frau Scherer." Diese Äußerung trieb Anne zu ihrer Verwunderung sofort Tränen in die Augen. „So ist eben das Leben", antwortete sie.

„Wir haben alle gewusst, was der Chef treibt, doch keiner fand den Mut, es Ihnen zu sagen."

„Was hätte es geändert?" Anne rang sich ein Lächeln ab. „Machen Sie sich deshalb keine Vorwürfe."

Meissner bot ihr seine Hilfe an. „Es gibt in einem so großen Haus immer Arbeiten zu verrichten, die einen Fachmann oder kräftige Muskeln erforderlich machen." Dann grüßte er freundlich und fuhr davon.

Heute würden sie also das erste Mal im 'neuen Zuhause' nächtigen! Anne brachte die Kinder zu Bett, die problemlos einschliefen, denn sie befanden sich ja in der vertrauten Umgebung ihrer Einrichtung. Es war schon spät, als Anne etwas Vergessenes aus dem Auto holte. Es stand in der Auffahrt und das Tor war nicht geschlossen.

Ein Wagen bog ein und hielt unmittelbar hinter dem ihren. Frieder stieg aus und verstellte ihr den Weg. „Du hast etwas vergessen", behauptete er. „Ich hab's im Kofferraum."

Anne folgte ihm ahnungslos und was holte er hervor? Eine Schachtel Eier!

„Ja und? Die kannst *du* doch essen", stellte Anne spöttisch fest.

„Nicht, wenn du sie gekauft hast!", knurrte er.

Und da begriff Anne: Frieder war hier, um sie in irgendeiner Weise zu verunsichern, zu belästigen ... zu strafen? Nun, da machte er die Rechnung ohne sie. Sie war nicht mehr die fügsame, geduldige Anne, die offenbar immer noch in seinem Kopf spukte.

Wortlos nahm sie die Eier entgegen, öffnete den Deckel der Packung, ergriff ein Ei nach dem anderen und bewarf Frieder damit. „Das ist für den Kummer, den du mir bereitet hast, das für deine Lügengeschichten, das für deine falschen Liebesschwüre, das für meine vergeudete Liebe zu dir und das für mein missbrauchtes Vertrauen", rief sie mit schneidender Stimme. Es wäre ihr sicher noch mehr eingefallen, aber die Eier waren alle.

Frieder stand da, bekleckert von oben bis unten.

„Ists *so* besser?", höhnte Anne. „Du wolltest die Eier nicht *essen*, nun *kleben* sie an dir! Verschwinde, und lass` dich hier nicht mehr blicken."

Einige Zeit ließ Scherer seine Ex-Frau tatsächlich unbehelligt. Doch dann tauchte er fast täglich vor der Villa oder sogar im Gelände auf. Wohin Anne auch ging, er folgte ihr. Warum arbeitete er nicht? Was wollte er von ihr? Als er Anne sogar ins Kino folgte und den Platz hinter ihr einnahm, wurde ihr das zu bunt. Nach dem Ende der Vorstellung stellte sie ihn zur Rede. Da bettelte Frieder, sie möge zurückkommen, sang das alte Lied von Liebe und Treue – diesmal unwiderruflich ernst gemeint. Sie antwortete darauf nicht, sondern ließ ihn stehen und stieg ins Auto.

Nur wenige Tage nach diesem neuerlichen Treuschwur wollte Anne mit den Kindern gerade eine Straße überqueren, da fuhr Frieder mit Lisa im Auto vorüber. 'Der Kater lässt das Mausen nicht!', tönte Anne die Stimme der Mutter im Ohr. Schön und gut, Scherer hatte jetzt alles Recht der Welt, mit diesem Mädchen umherzuziehen, aber kein Recht, sie fortwährend zu belästigen ... Anne beschloss, die Villa zu verkaufen und wegzuziehen.

Rechtsanwalt Dr. Müller zahlte ihr für das Anwesen einen guten Preis, zumal die Wohnung im Obergeschoss gerade frei geworden war. Er half ihr auch bei der Suche nach einem neuen Zuhause, regelte alles Notwendige für sie, und als Anne über Norbert Meissner erfuhr, dass der Chef in Firmenangelegenheiten abwesend war, stand umgehend der Möbelwagen vor der Villa.

***

Die neue Umgebung lag mehr als hundert Kilometer von Annes 'Vergangenheit' entfernt.

In dem Park des Ortes, in dem sie ein kleines Häuschen erworben hatte, saß sie bei ihren Spaziergängen immer auf der gleichen

Bank. Wenn es ihr gut ging, streckte sie die Beine von sich, hielt das Gesicht der Sonne entgegen und genoss die wärmenden Strahlen. Wenn es ihr schlecht ging, starrte sie auf ihre Fußspitzen und nahm nichts um sich herum wahr. In dieser Stimmung sah sie Frieder vor sich, lächelnd und lügend, seit Jahren immer das gleiche Bild! In Gedanken hörte sie sich mit verbitterter Stimme sagen: „Der Kinder wegen wünsche ich dir nichts Gutes!" Gewissenhaft zog sie ihre Mädchen groß und ließ keinen Menschen zu nahe an sich heran, obwohl es zumindest einer versucht hatte.

Manchmal versank Anne völlig in ihrer Schwermut. Heute war so ein Tag.

Von ihr unbemerkt hatte sich eine Gruppe geistig und körperlich Behinderter der Bank genähert, auf der sie grübelnd hockte. Ein spitzer Angstschrei riss sie aus der Versunkenheit. Genau vor ihr kippte ein Rollstuhl ab. Ein Körper landete in ihrem Schoß, zwei Hände krallten sich in ihre Bluse.

Instinktiv griff sie zu. Sekunden später wurde die Last leichter, der Körper zurück in den Rollstuhl gezogen. „Das ist ja noch mal gut gegangen", sagte eine Stimme und Anne hörte das befreite Aufatmen der Betreuerin. „Nicht auszudenken, wenn Anne-Rose auf dem harten Boden gelandet wäre."

Jetzt erst löste der Schreck bei dem jungen Mädchen im Rollstuhl schrille Angstschreie aus. Inzwischen war die Bank von einer Gruppe debiler Frauen unterschiedlichen Alters umringt. Dümmlich wirkende Gesichter neigten sich Anne zu, ausdruckslos erscheinende Augen starrten sie an. Unverständliche Laute aus zahnlosen Mündern erreichten ihr Ohr.

Anne fühlte Platzangst, so nahe rückten ihr diese Wesen. Eine der Frauen berührte vorsichtig und offensichtlich bewundernd ihre blonden Haare. Sie hauchte Anne ihren schlechten Atem ins Gesicht. Lächelnd entblößte sie faulende Zahnstummel.

„Lass das, Gerda!", befahl die junge Begleiterin freundlich. Folgsam ließ die Angesprochene Annes Haar los, blieb aber vor ihr stehen.

„Sie müssen keine Angst vor Gerda haben. Die tut ihnen nichts" versicherte die Betreuerin. „Anderer Leute Haare, noch dazu blonde, sind für sie etwas Faszinierendes."

Das Mädchen im Rollstuhl, die Hübscheste von allen, hatte sich noch immer nicht beruhigt. „Anne-Rose, du kannst aufhören zu jammern, du lebst ja noch", tröstete die junge Betreuerin lachend. „Bedank dich lieber bei deiner Retterin."

Anne-Rose streckte Anne ihre verkrüppelten dünnen Finger entgegen. „Dank schön", sagte sie. „Darf i di drucken?" Anne reichte ihr zögernd die Hand und spürte einen unerwartet festen Zugriff. Aber zu einer Umarmung kam es nicht. „Seht nur, die Luftballons!", rief die Betreuerin und wies in den Himmel hinauf.

Anne war für einen Moment vergessen. Wie auf Kommando reckten alle Behinderten die Gesichter gen Himmel und schnatterten sich etwas zu. Zwischen ihnen gab es offenbar keine Verständigungsschwierigkeiten.

Die Betreuerin nutzte die Zeit der Ablenkung, um ihre Sorgen loszuwerden. Sie setzte sich zu Anne auf die Bank und seufzte. „Heute geht alles schief. Ich hatte vergessen, am Rollstuhl die Reifen aufzupumpen. Auch den Gurt zum Fixieren habe ich liegen lassen. Deshalb konnte das Malheur überhaupt passieren. Dieser verdammte Stress! Nie ist ausreichend Zeit für irgendetwas. Mir war es heute einfach wichtig, mit den Mädels an die frische Luft zu kommen, sie waren seit Wochen nicht draußen und vor allen Dingen nicht unter normalen Leuten. Das ist für sie so wichtig."

Gerda mit den Zahnstummeln hatte von den Luftballons genug. Sie kam und griff erneut in Annes Haar. „Lass das, Gerda!", tadelte die Betreuerin wiederum.

„Ach, das macht nichts", wehrte Anne ab. „Ihr gefallen wenigstens auch meine *leicht ergrauten* Haare. Ein bisschen früh mit vierzig, finden Sie nicht?"

„Vierzig? So alt hätte ich Sie nicht geschätzt. Graue Haare! Wenn Sie sonst keine Sorgen haben! Schauen Sie sich diese armen Wesen an. Die sind vom Leben wirklich benachteiligt. Einige von ihnen sind seit vierzig Jahren im Heim, obwohl sie noch Eltern, Geschwister oder Verwandte haben." Die junge Betreuerin ereiferte sich, dass ihre Wangen glühten. „Abschieben nennt man das." Und völlig überraschend fragte sie: „Hätten Sie Lust, bei uns zu arbeiten? Sie kämen zwar in ein Haus voller Sorgen, aber Ihre eigenen, sofern Sie welche haben, werden ganz klein. Und eines Tages werden Sie gar nicht mehr wissen, dass Sie jemals welche hatten." Sie lachte leise auf. „Haben Sie Familie?"

„Ich bin Witwe", log Anne und bekam einen roten Kopf.

„Das erleichtert die Sache", versicherte die junge Frau. „Mein Verlobter hat sich von mir getrennt, weil ich zu viel von der Station und den Bewohnern erzählte. Er wolle auch mal was Schöneres hören, behauptete er. Übrigens, ich heiße Mona Bach, bin Altenpflegerin und ein unverbesserliches Plappermaul."

Anne lachte und stellte sich ebenfalls vor. Dann kam sie auf das Angebot zurück. „Die Idee, in diesem Heim zu arbeiten, ist nicht schlecht! Ich suche eine neue Herausforderung."

Anne-Rose, inzwischen ohne Tränen, war dem Gespräch offensichtlich gefolgt, denn sie fragte hoffnungsvoll: „Kommst mich mal besuchen?"

Anne versprach es, denn irgendetwas in den Augen der jungen Behinderten rührte an ihr Herz.

Anne suchte tatsächlich Arbeit. In den ersten Jahren nach der Scheidung hatte sie noch Unterhalt von Frieder erhalten. Als diese Vereinbarung auslief und sie die inzwischen herangewachsenen Kinder auch allein lassen konnte, hatte sie stundenweise mal hier, mal dort Gelegenheitsarbeiten angenommen, denn der Erlös aus dem Verkauf der Villa steckte zu einem großen Teil in dem kleinen Häuschen, dass sie erworben hatte, und den Rest wollte sie nicht einfach so verbrauchen, sondern als Rücklage sicherstellen. Mit Alfreds 'Erbe' hatte sie noch vor ihrer Heirat ihrer Mutter ein Konto eingerichtet, damit sie und die Brüder nicht in völliger Armut leben mussten.

Das wäre wohl auch im Sinn ihres alten Freundes gewesen.

Manchmal bereute Anne, so weit weggezogen zu sei, und dachte mit Wehmut an die verpasste Möglichkeit, wieder in der Töpferei zu arbeiten. Mit Susanne stand sie noch immer in loser Verbindung. Und Norbert Meißner, ja, der war anfangs — trotz der Entfernung — ein verlässlicher Freund gewesen.

Als Manuela und Carolin ihre Schwesternausbildung beendet hatten, erlosch Frieders Zahlungspflicht für die Kinder. Es hatte sich natürlich nicht vermeiden lassen, dass er die Wohnanschrift seiner ehemaligen Frau erfuhr, schon wegen der Zahlungen nicht. Aber besucht hatte er seine Töchter nie.

Wenige Tage nach der Begegnung mit den Behinderten im Park stellte sich Anne im Pflegeheim ein. Es lag in einem kleinen Tal,

umgeben von einem winzigen Park, in dem eine kleine, weiß ange-
strichene Kirche stand.

Im gesamten Haus roch es etwas streng nach einer Mischung aus
Desinfektionsmitteln, alten Leuten und Küchendunst. In der Ein-
gangshalle lachte ihr ein männlicher Heimbewohner aus zahnlosem
Mund erfreut zu und tätschelte ihr väterlich die Wange. Anne ließ
es geschehen, lief aber schneller, um weiteren Zärtlichkeiten zu ent-
gehen.

Außer Puste erreichte sie über die Treppe die Frauenstation im
zweiten Stock. Am Ende des Ganges stritten sich zwei Heimbe-
wohnerinnen um ein Kopfkissen: Jede zog an einem anderen Ende.
So viel Anne verstand, weinte die eine, weil das Kissen ihrer Mutter
gehörte, die andere wollte es ihrer Oma schenken. Außerdem habe
sie es frisch bezogen, rief sie, weil die Königin am Nachmittag kommen wolle. Die beiden Weiblein rissen und zerrten an dem guten
Stück und plötzlich flogen die Federn ... Mitten in dem Gestöber
stand Anne-Rose mit ihrem Rollstuhl. Sie klatschte vor Vergnügen
in die Hände und rief: „Es schneit, es schneit! Frau Holle, Frau
Holle, schüttelt die Betten aus."

Mona Bach eilte aus dem Stationszimmer herbei, schlichtete den
Streit und freute sich, als sie die Besucherin bemerkte.

„Geht es hier immer so zu?", wollte Anne wissen.

Mona lachte. „Das ist gar nichts! Aber streiten — das bedeutet
leben! Traurig wird es erst, wenn diese Phase vorbei ist, wenn die
Frauen bettlägerig werden. Für uns wird es dann leichter, die Patienten zu betreuen, aber für sie ist das Leben zu Ende, ehe sie gestorben sind."

„Anne tu dir das nicht an!", warnte eine innere Stimme. „Verdrück dich! Zieh Leine! Das schaffst du nicht! Du findest sicher noch was anderes."

Doch da hatte Anne-Rose sie erblickt. Ihr Rollstuhl glitt der Besucherin quietschend entgegen und voller Freude rief das Mädchen: „Darf i di drucken? I druck` di so gern!" Und diesmal fand die Umarmung statt.

Anne wurde ohne Verzug eingestellt und trat schon am nächsten Tag ihre Stelle als Betreuerin an. Sie absolvierte einen Schnellkurs in Altenpflege und arbeitete sich nach anfänglichen Schwierigkeiten gut ein. Manuela und Carolin schüttelten zwar die Köpfe darüber, dass die Mutter ausgerechnet in einem Heim für körperlich und geistig Behinderte tätig war, aber im Grunde, waren sie froh, dass die Mutter eine Beschäftigung gefunden hatte.

Es waren etwa drei Jahre vergangen, seit Anne im Heim arbeitete. Sie wurde mal hier, mal da eingesetzt, hauptsächlich aber auf der Frauenstation.

Mona Bach machte sich Sorgen um Anne-Rose. „Sie spricht seit Tagen nur vom Sterben."

„Ich weiß." Anne nickte bekümmert. „Sie will mich fortwährend drücken und gestern wollte sie wissen, ob ich um sie weinen werde, diese kleine Närrin!"

„Sie hängen sehr an ihr, stimmt's?"

„Viel zu sehr, Mona. Ich hätte nie geglaubt, dass mir so etwas passieren könnte. Anne-Rose hat wieder Freude in mein Leben gebracht. Damals, bei meinem ersten Besuch, war ich nur neugierig, wie es hier läuft. Das Mädchen gab schließlich den Anstoß dafür, dass ich mich einstellen ließ. Und mit der Zeit habe ich all diese naiven Leutchen liebgewonnen. Jeder, der für immer geht, fehlt mir. Was wird sein, wenn Anne-Rose nicht mehr hier ist?"

„Andere werden kommen. Es geht immer weiter!" Nach einer kleinen Pause setzte Mona hinzu: „Seit *Sie* hier sind, macht das Arbeiten mir noch mehr Freude. Das wollte ich Ihnen schon lange Mal sagen. Ich bin froh, dass wir uns damals begegnet sind!"

Anne wurde verlegen, doch Monas Worte taten ihr gut.

Bereits am folgenden Tag starrte sie bei Dienstantritt fassungslos auf das leere Bett von Anne-Rose. Daneben der verwaiste Rollstuhl. „Wo ist das Mädchen?"

Mona, die kurz vor Anne eingetroffen war, zog sie in den Korridor hinaus und flüsterte: „Die Nachtschicht hat das Krankenhaus informieren müssen. Notoperation. Es sieht nicht so aus, als käme Anne-Rose noch mal zurück, und wenn, dann nur um zu sterben."

Der Kummer schnürte Anne die Kehle zu. Mona erkannte es und flüsterte weiter: „Sie hat nichts mit. Das Nötigste ist schon zusammengepackt. Fahren *Sie* zu ihr. *Ich* sollte es eigentlich tun. Sie können gleich los!"

Anne raste über die Autobahn.

Bevor sie dann in der kleinen Stadt das Krankenhaus betrat, holte sie tief Luft. Ein junger Pfleger, der zufällig hörte, wohin sie wollte, zeigte ihr den Weg. Wie in Trance zog sie sich auf der Station, den grünen Kittel über und trat wenig später, leise trat an Anne-Roses Bett. „Nur jetzt nicht weinen", dachte sie und konnte die Tränen doch nicht aufhalten.

Anne-Rose schien zu schlafen, ihre verkrüppelten Hände lagen kalt und kraftlos auf der Bettdecke.

„Anne-Rose! Ich bin es, Anne!" Kein Blick, kein Lächeln, keine Regung.

Anne zog sich einen Stuhl ans Bett. „Geliebte kleine Närrin! Was gäbe ich drum, wenn du mich nur noch einmal anschautest", dachte sie und flüsterte weinend: „Darf i di drucken? I druck` di so gern!" Sie blieb, bis das Mädchen gestorben war.

Bald schon wurde Anne-Roses Bett mit der Heimbewohnerin belegt, die alle 'Oma' nannten und die nie in den Genuss des zerfledderten Federkissens geraten war!

Anne hatte an diesem Abend die alte Frau für die Nacht vorbereitet und wollte gerade die Tür hinter sich schließen, als sie zurückgerufen wurde.

„Darf ich noch was fragen?", erkundigte sich die 'Oma'.

Anne nickte. „Freilich. Nur zu!"

„Jetzt hast du schon meine Kleider und meine Brille und nun nimmst du auch noch meine Zähne mit. Hast du denn gar nichts Eigenes?"

Es geschah seit Jahren das erste Mal, dass Anne herzlich lachte. Sie tätschelte 'Oma' die blau geäderten Hände. „Keine Sorge! Das Nachthemd darfst du behalten und morgen kriegst du die Zähne, die Brille und das Kleid wieder. Ich borg's mir nur mal aus."

'Oma', schloss beruhigt die Augen.

Im Stationszimmer klingelte das Telefon. Noch immer ein Lächeln im Gesicht nahm Anne den Hörer ab. Es war der Pförtner. „Ein neuer Patient ist eingetroffen", sagte er. „Weiß auch nicht, warum noch so spät. Auf der Männerstation beruhigen sie gerade einen ausgerasteten Patienten. Würdet ihr den Mann abholen? Mit Rollstuhl."

Anne rief nach Mona. Aber die war nicht abkömmlich. Also griff sie nach einem Rollstuhl und stieg damit allein in den Aufzug.

Neben der Pförtnerloge saß auf einem Stuhl mit gesenktem Kopf ein älterer Mann. Eine männliche Begleitperson und der Fahrer des Wagens standen dabei. Anne grüßte freundlich. Da hob der neue Heimbewohner den Kopf, als lausche er.

Anne wurde weiß, wie die Wand: Vor ihr saß Frieder Scherer, ihr ehemaliger Mann, der Vater ihrer Kinder — stark gealtert, grau im Gesicht und mit schütterem Haar. Kein Strahlemann mehr, kein unwiderstehliches Lächeln. Ein verwirrtes, pflegebedürftiges Menschenbündel! Vermutlich hatte er einen Schlaganfall erlitten, denn seine rechte Seite schien gelähmt zu sein. Ja, gab es denn keine Familienmitglieder, die seine Pflege hätten übernehmen können? Wo war Lisa, um derentwillen er sie verlassen hatte?

Die Männer verfrachteten den Patienten in den Rollstuhl. Mit zitternden Händen übernahm Anne seine Papiere und einen kleinen Koffer, legte ihm beides über die Knie.

Hatte Frieder sie erkannt? Beim Klang ihrer Stimme jedenfalls musste eine Erinnerung aufgeblitzt sein.

Im Aufzug war Anne geneigt, ihm übers Haar zu streichen. „Ich habe dir damals nichts Gutes gewünscht, damals, in meiner Verzweiflung", dachte sie erschüttert, „aber so etwas nicht", und schrak zusammen, als der Lift hielt. Automatisch hatte sie auf die Etage der Frauenstation gedrückt.

Sie wollte umkehren, aber Mona stand bereits wartend im Korridor. „Sie hätten dich ohnehin nach oben geschickt", sagte sie. „Bei den Männern ist momentan kein Platz."

Sie hieß den neuen Heimbewohner willkommen, — das vergaß sie nie, ganz gleich, ob der Patient reagierte oder nicht. Dann warf sie einen Blick in seine Papiere.

„Ach, wie überraschend!", sagte sie. „Den Namen können wir gut behalten. Er heißt Scherer wie Sie." Anne wandte sich zur Seite, als sähe sie da etwas, und versuchte es mit einem Scherz: „Aber weder verwandt noch verschwägert!"

Mona kicherte, griff nach dem Rollstuhl und Anne hörte, wie sie zu Frieder sagte: „Ich fahre sie jetzt in ihr Zimmer und bin sicher, Sie werden sich bei uns wohlfühlen."

Anne hoffte, es werde sich nur um ein, zwei Tage handeln, die Frieder auf der Frauenstation zubrächte, aber nach zwei Wochen war er immer noch präsent. Äußern konnte er sich zwar nicht, sein Sprachzentrum war gestört und zu klarem Denken reichte es ebenfalls nicht. Mona war dennoch der Ansicht, dass er sich unter der Pflege, die man ihm angedeihen ließ, wohlfühle.

Anne fühlte sich dagegen von Tag zu Tag unwohler in ihrer Haut. Es war nur eine Frage der Zeit, bis dem Pflegepersonal auffiel, dass sie sich davor drückte, diesen Patienten morgens oder abends zu waschen. Dachte man dann noch an die Namensgleichheit und zählte eins und eins zusammen, half ihr die 'Witwen-Lüge' vermutlich wenig.

Sie kündigte, ehe dieser Fall eintrat, schweren Herzens, vor allem wegen Mona.

***

Anne fand in einem Werk eine Anstellung als Buchhalterin. Schließlich hatte sie viele Jahre Frieders Betrieb vom Schreibtisch aus am Laufen gehalten.

An diesem Morgen, einem Sonntag, griff sie nach der Brille, die auf dem Nachtschränkchen lag, setzte sie auf, ohne die Augen zu öffnen, und verschränkte die Arme hinter dem Nacken. Wieder ein Tag wie jeder andere! „Fang bloß nicht am frühen Morgen schon an zu grübeln", ermahnte sie sich und schlug entschlossen die Augen auf. Sonnenstrahlen fielen durch die Rollo-Ritzen. Anne erhob sich ohne Eile, sie hatte ja Zeit.

Im Esszimmer öffnete sie das Fenster und ließ ihre Blicke durch den Vorgarten schweifen. Gestern waren die Osterglocken in voller Pracht aufgegangen, eine gelbe Fläche mit ein paar bunten Punkten dazwischen, Tulpen, die sich noch etwas Zeit ließen.

Bei einer Tasse Kaffee und einer Scheibe Toast saß sie wenig später in der Essecke, die ihr besonders groß erschien, seit die Mädchen das Nest verlassen hatten.

Vom Kirchturm schlug es acht Uhr. Erst acht? Oh Gott, so früh noch?

Auf der Anrichte stand ein Bild mit Frieder und den Kindern. Manuela war im vergangenen Jahr mit dem gerahmten Bild in der Küche erschienen und hatte gefragt, ob die Mutter 'das da' wirklich stehen lassen wolle.

„Warum sollte ich es wegräumen?", hatte sie die Gegenfrage gestellt. „Es ist in erster Linie ein Kinderbild von euch und ja, euer Vater ist eben auch dabei."

Manuelas Meinung hatte sie mit ihrer Aussage wohl nicht getroffen, aber die Tochter stellte das Bild an den alten Ort zurück. Hörbar für Anne ließ sie verlauten. „Was ist das für ein Vater, der sich in den vielen Jahren nicht ein einziges Mal um uns gekümmert hat?"

„Spar dir den Hass, Kind. Er ist furchtbar bestraft worden und verdient eher Mitleid", war ihr dazu nur eingefallen. Und dann hatte sie erzählt, warum sie aus dem Pflegeheim weggegangen war. „Wenn sich einer um ihn kümmern müsste, wären wir das."

74

„Er hat eine Frau", erinnerte Manuela.

„Ach, die ist nicht bei ihm geblieben. Ich habe vor einiger Zeit Erkundigungen eingezogen. Sie ist mit einem Jüngeren durchgebrannt. Es gibt keine Werkstatt mehr und das Haus auch nicht. Verheiratet waren dein Vater und Lisa ja nicht."

Sie hatten dieses Thema nie wieder berührt, aber Anne sah Frieder oft vor sich, den Lastwagenfahrer, der sie aus dem Schnee aufgelesen hatte. „Du fehlst mir noch immer", dachte sie auch jetzt mit wehem Herzen.

Das 'Fehlen' galt allerdings auch für ihre Töchter. Seit beide eigene Appartements im Schwesternwohnheim hatten, hörte und sah sie höchst selten etwas von Manuela und Carolin. Anfangs lag regelmäßig ein Bündel schmutziger Wäsche auf der Treppe zum Waschraum, wenn sie aus dem Büro heimkam. Bei näherem Hinsehen wusste sie dann, wer von ihnen zwischenzeitlich eine Stippvisite gemacht hatte. Anfangs lag nach dem Abholen der sauberen Wäsche auch ein Zettel auf dem Küchentisch. „Danke! Bis bald!" Seit einiger Zeit jedoch lief das ohne Worte und die Bündel wurden immer kleiner. Anne nahm es als Zeichen fürs Selbstständig werden und wusste nicht, ob sie darüber glücklich oder traurig sein sollte.

Während sie das Badewasser einlaufen ließ, räumte sie das wenige Geschirr in die Küche. Danach brachte sie lange im warmen Wasser zu und philosophierte darüber, wie Wünsche sich doch änderten. Jetzt war das Haus so still, wie sie es sich oft gewünscht hatte, als die Kinder noch klein waren. Kein Toben oder Streiten mehr, keine Berge von gebrauchtem Geschirr und kein übervoller Korb mit schmutziger Wäsche grinste sie mehr im Vorübergehen tückisch an. Ach, wie gern würde sie die Zeit noch einmal zurückdrehen!

Anne war jetzt dreiundvierzig, doch sie war ein Typ, der lange jugendlich wirkte. Ihre hübschen, braunen Augen strahlten nicht mehr so hell, aber sie blickten wissend in die Welt. Ihr Haar wirkte in der Hauptsache noch immer blond, ihre Haut war straff und makellos. „Wie lange noch?", fragte sie nach dem Bad ihr Spiegelbild laut und hielt im Ordnen der Frisur inne. Was meinte sie damit? Wie lange sie noch jung war? Großer Gott! Fing sie etwa an, eitel zu werden? Sie zog ihrem Spiegelbild eine Grimasse und verließ das Badezimmer.

„Ich werde den Mädchen schreiben", dachte sie. „Jetzt. Sofort." Doch als sie vor dem Schreibblock saß, stockte ihre Hand schon beim ersten Satz:

'Liebe Manuela, ich schreibe dir, weil ich so ...'

Gott im Himmel! Hatte sie wirklich schreiben wollen, dass sie sich einsam fühlte? Die Kinder würden das gar nicht verstehen. In Gedanken hörte sie Manuela vorwurfsvoll sagen: „Mutti, wie soll ich denn selbstständig werden, wenn du mich ewig am Bändel zu dir zurückziehst? Und Carolin würde ihre große Augen nach oben verdrehen und nicht weniger vorwurfsvoll erklären: „Du warst gerade achtzehn Jahre alt, als du in die Welt gezogen bist. Hat es dir geschadet?"

„Damals war alles anders", sagte Anne laut und erschrak vor ihrer eigenen Stimme.

Aber die Mädchen hatten recht. Was war damals denn so anders gewesen? Die Jungen wurden flügge und ließen die Alten allein. Lauf der Dinge!

Plötzlich hatte Anne eine Idee. „Wer hindert mich daran, die Kinder zu besuchen, einfach mal zu überraschen?", dachte sie. „Wir könnten gemeinsam eine Kleinigkeit essen gehen. Dann wären wir wieder einmal vereint wie früher."

Unverzüglich setzte sie diese Idee in die Tat um. Nur wenige Autofahrer waren an diesem Sonntag unterwegs. Nach einer kurzen Fahrt auf der Autobahn bog Anne in das große Klinikgelände ein. Das Schwesternwohnheim lag etwas abseits, versteckt hinter Pappeln. Der Kies knirschte unter ihren Füßen, als sie auf das Haus zusteuerte. Sie drückte auf den Klingelknopf. Aus der Sprechanlage ertönte verzerrt Manuelas Stimme: „Wer ist da, bitte?"

Anne gab sich zu erkennen. Der Summer war zu hören.

Als Manuela der Mutter die Tür ihres Appartements öffnete, wurde sie vorwurfsvoll empfangen: „Mutti, du hättest vorher anrufen sollen!"

„Tut mir leid, Kind, ich komme rein zufällig vorbei", log Anne. „Wollte nur mal hören, wie es dir geht."

„Sehr gut, Mutti! Ich koche uns schnell einen Kaffee, für mehr habe ich leider keine Zeit. Ich vertrete eine Kollegin und anschließend bin ich mit Hans verabredet. Du kennst ihn noch nicht. Wenn ich geahnt hätte …"

Manuela stand verlegen vor ihrer Mutter, eine hübsche, schlanke junge Frau in verwaschenen Jeans und einem Herrenhemd, mindestens fünf Nummern zu groß.

„Schon gut", sagte Anne und verbarg ihre Enttäuschung. „Ich will wirklich nicht lange bleiben."

Manuela verschwand in der kleinen Küche. Anne sah sich in dem Wohnraum ihrer Tochter um. Überall Unordnung! Es juckte sie in den Händen, aufzuräumen.

Manuela kam mit einem Tablett zurück. Kaffeeduft breitete sich aus. Sie goss der Mutter ein und schob ihr ein Schüsselchen mit

Gebäck zu, dabei gab sie sich die größte Mühe zu verbergen, dass sie auf die Uhr schaute. Es entging Anne trotzdem nicht.

„Mutti! Ich wollte dich schon immer was fragen!" Manuela wirkte sichtlich verlegen.

„Warum hast du eigentlich Norbert Meißner, den Monteur aus der Werkstatt unseres Vaters, nicht geheiratet? Er war doch ein netter Mann und hat dir damals viel am Häuschen gerichtet."

Anne stellte ihre Tasse so hastig auf den Tisch, dass es klirrte und der Kaffee überschwappte. „Das fragst du mich? Ausgerechnet du?"

Manuela bekam einen roten Kopf. „Ich versteh` nicht", wehrte sie betroffen ab.

„Du wirst es gleich verstehen", erwiderte Anne und nun blickte *sie* auf die Armbanduhr. „Hast du noch Zeit?"

Manuela nickte stumm. Erwartungsvoll blickte sie auf ihre Mutter, die sich im Sessel zurücklehnte, als benötige sie Halt. „Erinnerst du dich noch an meinen Geburtstag vor zehn Jahren? Norbert Meißner und ich hatten einen wunderbaren Abend im Theater dieses Städtchens miteinander verbracht und zum ersten Mal über eine gemeinsame Zukunft gesprochen. Zum Abschied wollten wir bei mir daheim noch ein Glas Wein trinken. Als ich an deinem Zimmer vorbeikam, hörte ich dich und lauschte. In einer Art Gebet machtest du Gott Vorwürfe und verlangtest, er dürfe nicht zulassen, dass ich Norbert Meißner heirate. Ich hatte mir nie Gedanken darüber gemacht, wie ihr es aufnehmen würdet, wenn plötzlich wieder ein Mann zu unserer Familie gehörte. Und ich wollte so sehr, dass ihr glücklich seid! Ja, das Ende vom Lied kennst du ja!"

„Aber Mutti! Wie alt war ich denn damals?", verteidigte sich Manuela. „Du hättest auf das Schulkind-Gebrabbel nicht hören dürfen! Ich kann mich nicht mal mehr erinnern, was ich da von mir gegeben habe. Natürlich war ich eifersüchtig! Aber du wärst jetzt nicht so einsam, denn das bist du!"

Anne zwang sich zu einem Lächeln. „Ich wollte dir das eigentlich nicht erzählen, aber jetzt, wo du gefragt hast …" Sie erhob sich. „Es war nett, dich gesehen zu haben. Danke für den Kaffee!" Zwei flüchtige Küsschen, die Tür fiel ins Schloss! Anne fuhr mit dem Lift nach unten und verließ das Haus.

Einen Katzensprung weiter spielte sich dann ein fast groteskes Szenario ab. Anne stand vor Carolins Appartement. Es dauerte eine Weile, bis ihr geöffnet wurde. Wenigstens versuchte die Tochter nicht, so zu tun, als sei sie nicht zu Hause. Sie sah aus wie der bunt blühende Frühling: Ein langer Schlabberrock baumelte um ihre nackten Beine. Der rote, selbst gestrickte Pullover passte gut zu ihrem gebräunten Teint. Die schwarzen Haare waren ein einziger Wuschelkopf. Auf dem rechten Nasenflügel prangte ein kleiner Diamant. Wohl die neueste Mode! Im Übrigen schien es, als käme sie direkt aus dem Bett.

„Ist der echt?", fragte Anne zur Begrüßung und zeigte auf den Nasenschmuck.

„Leider nicht!", gab Carolin zu und lächelte ein wenig verlegen. „Schön, dass du mich besuchen kommst. Kannst du meine schmutzige Wäsche mitnehmen? Ich kann leider nächste Woche nicht selber kommen."

Anne stand noch immer zwischen Tür und Angel. Carolin hatte sie nicht hereingebeten. Unversehens öffnete sich die Tür zur Dusche. Ein Hüne von einem Mann, eingewickelt in ein klitzekleines Badetuch, tapste mit nassen Füßen in den Wohnraum. „Hey", grüßte er im Vorbeigehen. Er war kein bisschen verlegen, nur

Carolin bekam einen roten Kopf, lief ihm nach und flüsterte: „Verpiss dich ins Bad und zieh dich an, Mensch! Das ist meine Mutter."

Der Herkules stoppte, drehte sich um und tapste zurück. „Hey", grüßte er erneut und verschwand wieder. Er gehorchte aufs Wort wie ein gut dressierter Hund. Anne schluckte. Sollte sie lachen oder weinen?

„Nun weißt du es", sagte Carolin. „Ich hätte ihn dir gern noch eine Weile erspart. Du bist so altmodisch."

Anne streichelte ihrer Tochter die Wange. „Schon gut. Tut mir leid, dass ich so unangemeldet hereingeschneit bin."

Küsschen rechts, Küsschen links. Tür zu. Es bereitete Anne eine unschuldige Schadenfreude, dass Carolin nicht wagte, ihr die Wäsche hinterherzutragen.

Anne erinnerte sich, dass das Städtchen einen Park besaß. Sie lenkte das Auto in die Richtung, stellte es ab und suchte sich in den Anlagen eine Bank. Dort saß sie und überdachte das eben Erlebte. Sie bemerkte das kleine Mädchen erst, als es vor ihr stand. „Guten Tag!", sagte das Kind freundlich.

„Guten Tag!", erwiderte Anne. Sie sah der Kleinen zu, wie sie ihren Puppenwagen neben der Bank in die Sonne stellte. Es dauerte lange, bis sie mit Ort und Stelle zufrieden war.

Die Kleine setzte sich ohne Scheu neben Anne und schlenkerte mit ihren kurzen Beinchen. Ein bunter Schmetterling flog mit sparsamem Flügelschlag vorbei. Anne und die Kleine blickten ihm nach, bis er verschwunden war. Ein tiefer Seufzer löste sich aus der Brust des Kindes. „Die Welt ist langweilig", sagte die Kleine altklug. „Sie ist so langweilig — wie die längste Bandnudel in der Milchsuppe!"

Anne lachte hellauf und das Mädchen stimmte mit ein. Mit einem intensiven Musterungsblick auf Anne stellte es fest: „Ich hab `dich hier noch nie gesehen."

„Nun, ich war auch noch nie hier!", sagte sie zu dem Kind. „Wie heißt du denn?"

„Ich bin Sabine! Und du?"

„Ich heiße Anne."

Sabine rutschte von der Bank und zertrat mutwillig einige Ameisen, die sich in der Sonne tummelten.

„Warum tust du das?" Annes Stimme klang ärgerlich.

Sabine hob den Kopf und erklärte: „Ich bin wütend!"

„Und warum bist du wütend?"

„Das verstehst du ja doch nicht", behauptete die Kleine altklug. Sie winkte mit der Hand ab, wie es Erwachsene tun. „Mein Vater hat nie Zeit für mich", beklagte sie sich. „Frau Bauer meint, ich sei eine Plage und die Monteure spielen nur mit mir, wenn mein Papi nicht in der Werkstatt ist."

„Und deine Mutti? Hat die auch keine Zeit für dich?"

„Mutti …? Die ist doch tot!" Es klang fast ein wenig beleidigt, so, als müsse das längst jeder wissen.

Anne wollte der Kleinen versichern, wie leid ihr das tue, aber die war schon beim nächsten Thema. Sie zeigte mit der Hand in die Richtung, aus der Straßenlärm herüberschallte. „Da drüben wohne ich", erklärte sie. „Und jetzt muss ich gehen, sonst schimpft Frau Bauer wieder mit mir!"

Anne ergriff die entgegengestreckte Kinderhand und drückte sie. „Es war nett, dich kennenzulernen, Sabine", sagte sie freundlich.

Das Mädchen schob den Puppenwagen auf den Gehweg.

„Auf Wiedersehen Anne", rief es. Die blonden Zöpfe der Kleinen wippten bei jedem Schritt. Dann verschwand sie um die nächste Wegbiegung.

Anne Scherer konnte sich nicht entschließen, die Bank zu verlassen. Die Sonne wärmte so angenehm. Es tat richtig gut. Die Mittagszeit war längst vorbei, der Magen machte sich bemerkbar. Entschlossen erhob sie sich und trat den Weg zum Auto an. Am Rand einer Böschung, die zu einem kleinen Teich hinunterführte, lag ein ihr wohlbekannter Puppenwagen, umgekippt! Eine Ahnung sagte Anne, dass das kleine Mädchen die Anlage noch nicht verlassen hatte. „Sabine", rief sie laut. „Sabine!" In der Tiefe vernahm sie leises Weinen. „Sabine", rief sie noch einmal.

Schluchzend machte sich das Kind bemerkbar. „Ich ... kann nicht ... ich ... kann nicht aufstehen ... Anne!"

Anne kraxelte die Böschung hinunter, was mit modischen Absatzschuhen gar nicht einfach war. „Ich helfe dir beim Aufstehen", sprach sie dabei beruhigend auf die Kleine ein.

Sabine begann jetzt, jämmerlich zu weinen. „Es geeht nicht, es geeht nicht. Mein Bein tut sooo weeeh!"

Anne erreichte die Verletzte und nahm sie vorsichtig hoch. Zwei Ärmchen schlangen sich um ihren Hals. Ein nasses, verschmiertes Gesicht drückte sich an ihre weiße Bluse. In Anne stieg ein lange, nicht mehr empfundenes Glücksgefühl auf. Das war es, was sie entbehrte! Im Augenblick genossen *zwei* Menschen das wunderbare Gefühl des Geborgenseins, jeder auf seine Art.

Das Aufwärtskraxeln mit Kind wurde noch schwieriger. Endlich war Anne oben. Kurz entschlossen legte sie Sabine vorsichtig in den Puppenwagen. Die Kleine ließ alles mit sich geschehen. Dank Annes Zuspruch versiegten schließlich auch die Tränen. Sie legte das Kind in den Fond ihres Autos und den Puppenwagen in den Kofferraum.

Es gab jetzt nur einen Weg.

„Besondere Vorkommnisse?", fragte Schwester Edelgard, als sie das Schwesternzimmer auf der Kinderstation betrat.

Schwester Manuela schüttelte den Kopf. „Alles ruhig. Nur die Ambulanz hat angerufen. Ein kleines Gipsbein ist noch hochzuholen. Soll auf Zimmer 514."

„Bitte, Manuela, kannst du das machen? Ich brauche jetzt unbedingt einen Kaffee."

„War dein Patient so anstrengend?", neckte Manuela und huschte nach draußen. Sie befand sich in Hochstimmung. Gleich würde Hans sie abholen. Aber erst einmal staunte sie, als sie ihre Mutter im Gipsraum bei einem etwa fünfjährigen Mädchen sitzen sah. „Mutti, du bist noch immer hier?"

Anne spottete: „Schwester Manuela, machen Sie den Mund wieder zu. Ich hatte noch keine Lust heimzufahren. Ich spiele so gern Rettungsdienst."

Sabine lag auf der Trage, hielt die Puppe im Arm und mit der freien Hand ihre Retterin fest. „Du bleibst doch bei mir, Anne?", fragte sie besorgt.

Anne? Manuela verstand überhaupt nichts mehr. Sie bedachte die Mutter mit einem fragenden Blick, aber die ignorierte ihre Neugier. Gemeinsam brachten sie Sabine in ein Zimmer der Kinderstation.

Plötzlich weinte das Mädchen wieder. „Frau Bauer wird mit mir schimpfen."

„Ganz bestimmt nicht." Anne streichelte die Kleine, als sei sie ihr eigenes Kind. „Die Ambulanz hat deinen Papi verständigt. Sicher kommt er bald."

Manuela machte sich am Bett zu schaffen, um das Kind richtig zu lagern.

„So, Binchen", sagte Anne, „damit du mich bis morgen nicht vergisst, schreibe ich noch meinen Namen auf deinen wunderschönen feuchten Gips und dann wird es höchste Zeit für mich zu verschwinden." Sie schrieb mit einem Filzstift, den Manuela ihr reichte, in Großbuchstaben Anne auf den Verband und rief dann: „Also, bis morgen!"

„Ganz bestimmt?", fragte die Kleine unsicher.

„Ganz bestimmt", bestätigte Anne.

Manuela brachte die Mutter zum Fahrstuhl. Dort fiel sie ihr spontan um den Hals und gab ihr einen Kuss. Es fiel kein Wort zwischen ihnen, aber Anne war glücklich.

In der Halle prallte sie mit einem Mann in ihrem Alter zusammen. Beide entschuldigten sich, beide sahen einander verwirrt in die Augen, beide drehten sich noch einmal um, nickten sich zu und jeder ging seiner Wege — Anne nach draußen, der Mann in Richtung Aufzug.

„Was für eine Frau!", dachte Jochen Cremer, „wenn ich nicht so in Sorge um Sabine wäre, würde ich sie glatt …"

***

Am nächsten Morgen sprang Anne heiter und beschwingt aus dem Bett. Sie hatte Sabine versprochen, sie zu besuchen, und freute sich auf die Kleine.

Beim Frühstück streifte ihr Blick wie jeden Morgen das Bild auf der Anrichte.

Frieder war vor einigen Wochen im Pflegeheim gestorben. Sie hatte sich um seine Beerdigung gekümmert, auch ihren Töchtern Bescheid gesagt. Aber niemand außer ihr war zur Bestattung erschienen. Es kam ihr vor, als sähe Frieder sie heute vorwurfsvoll an. Sie ging zur Anrichte und drehte das Bild um. Hatte sie ein schlechtes Gewissen? Sie war ihm nichts schuldig, aber ehrlich genug, sich einzugestehen, dass ihre Gedanken seit gestern Wege gingen, die sie nur einmal nach der Scheidung und nur im Ansatz betreten hatte. Wer mochte der Fremde in der Halle des Krankenhauses gewesen sein?

Auf der Station angekommen, rückte Anne sich einen Stuhl an Sabines Bett. „Na, mein Schatz! Hat dein Papi geschimpft?", fragte sie.

„Nein, er war ganz lieb." Und nun erfuhr Anne auch, wie es dazu gekommen war, dass Sabine sich das Bein gebrochen hatte. Ein Schmetterling war schuld. Er hatte gerufen: 'Fang mich.' Und da war der eifrige 'Jäger' über den Puppenwagen gestolpert und — auch geflogen, nur anders! „Ich will nie wieder einen Schmetterling fangen und Ameisen mache ich auch nicht mehr tot." Ja, das war die Geschichte, die Sabine erzählte.

Fast zwei Stunden saß Anne bei der Kleinen am Bett. Sie erzählte ihr Märchen und Sabine lauschte mit zunehmend schläfrigeren Augen. Als Anne sich verabschiedete, schlang Sabine die Arme um ihren Hals. „Ich hab` dich ganz, ganz lieb. Kommst du morgen wieder?"

„Aber ja mein Schatz", versprach Anne. Als sie aus dem Lift stieg, stand der Fremde von gestern davor. Wieder trafen sich ihre Blicke. Beide lächelten, als seien sie alte Bekannte.

Unverhofft meldeten sich beide Töchter zum Abendbrot an. Anne freute sich darüber und versprach ihnen ein leckeres Essen. Sie hantierte noch in der Küche, als Manuela aus dem Esszimmer rief: „Mama, warum hast du das Bild von Papa umgedreht? Hat das was zu bedeuten?"

„Euer Vater und ich hatten eine Meinungsverschiedenheit!", bekam sie zur Antwort.

„Und wer hat gewonnen?", wollte Carolin wissen. Ihr schwarzer Wuschelkopf erschien im Türrahmen. Sie grinste fröhlich.

„Das steht noch nicht fest", gab Anne zu. „Stellt das Bild nur wieder ordentlich hin. Ich mach ja doch, was ich will, auch wenn's ihm nicht gefällt. Gleiches Recht für alle."

Die Töchter sahen sich verwundert an …

Anne fuhr nun täglich zu Sabine. Den Gedanken, die Besuche könnten in allernächster Zeit ein Ende nehmen, schob sie von sich weg. Sie gestand sich ein, dass Sabine nicht mehr der einzige Grund für ihre Besuche im Krankenhaus war. Von dem Kind verabschiedete sie sich jeden Tag um die gleiche Zeit und begegnete eben deshalb jedes Mal in der Halle dem Fremden. Auch er machte offenbar regelmäßig einen Krankenbesuch, sie hoffte nur, dass es keine Frau war, die auf ihn wartete.

Eines Morgens rief Manuela sie an und sagte: „Heute kannst du dir die Fahrt sparen. Sabine durfte unverhofft nach Hause. Ich soll dich ganz lieb grüßen!"

Anne schwieg.

„Mutti bist du noch dran?"

„Aber ja! Ich freue mich für Sabine." Anne lauschte ihren eigenen Worten nach. Freute sie sich wirklich? Oder war sie enttäuscht? Von diesem Tag an hatte die Einsamkeit sie wieder fest im Griff. Sie schalt sich einfältig. Was hatte sie denn erwartet? Dass das Mädchen dort ewig liegen werde? Dass der Fremde ihr eines Tages nachgehen werde? Mit Gewalt zwang sie sich, an andere Dinge zu denken. Hin und wieder gelang es ihr auch.

***

Sabine polterte inzwischen daheim mit ihrem Laufgips durchs Haus. Sie tyrannisierte ihren Vater, aber mehr noch Frau Bauer die Wirtschafterin.

„Das Kind ist unausstehlich", wandte sie sich schließlich hilfesuchend an Sabines Vater. „Sie will unbedingt irgendeine Anne suchen."

Jochen Cremer blickte amüsiert von seiner Zeitung auf. „Ich weiß! Leider gibt es da ein unüberwindliches Problem. Keiner hat diese Frau nach ihrem Nachnamen gefragt, weder in der Ambulanz noch auf der Station. Und ich war nie dort, wenn sie Sabine besuchte."

Sabine hatte sich in einen weichen Sessel fallen lassen und zugehört. „Ich wette, sie sitzt auf unserer Bank im Park, Papi. Wenn ich nur könnte, wie ich wollte ...", meinte sie altklug.

„Sei nicht albern, Bine. Schau mal nach draußen. Es regnet seit Tagen!"

„Dann frag' doch mal Schwester Manuela. Die weiß bestimmt, wo Anne wohnt. Die sagt nämlich Mutti zu ihr."

Jochen Cremer ließ überrascht die Zeitung sinken. „Und das sagst du Quälgeist erst jetzt? Diese Anne scheint ja etwas Besonderes zu sein. Außerdem sollten wir ihr schleunigst für deine Rettung danken, du Schmetterlingsfänger!"

Cremer griff zum Telefon. Sabine humpelte derweil polternd und ungeduldig auf und ab.

„Hast du etwas dagegen, wenn ich am Sonntag zum Kaffee Besuch mitbringe?", fragte Manuela telefonisch bei Anne an.

„Im Gegenteil. Ich freue mich!"

Am Sonntagmorgen buk Anne einen saftigen Quarkkuchen, weil ihre Große, den am liebsten mochte. Nachmittags zog sie sich sehr sorgfältig an. Schließlich wollte sie ja einen guten Eindruck machen, wenn Manuela ihren Hans endlich vorstellen würde.

Die Sonne meinte es gut, deshalb deckte Anne den Tisch im Garten, kurbelte das Sonnenrollo herunter, trennte sich sogar, wenn auch schweren Herzens, von einigen Tulpen, mit denen sie den Kaffeetisch schmückte. Pünktlich zur angegebenen Zeit hörte sie ein Auto vorfahren und kurz danach klingelte es an der Haustür. Als sie öffnete, sah sie in Brusthöhe nur einen riesigen Rosenstrauß und darunter ein Gipsbein. „Sabine!", rief sie überrascht, beugte sich herab und drückte die Rosen samt Kind an sich. „Dich also hat Manuela als Gast mitgebracht. So eine Überraschung!"

„Es ist noch ein weiterer Gast da", kam Manuelas Stimme aus dem Hintergrund.

Anne blickte auf – und wurde blass. „Sie sind Hans?", stotterte sie verlegen.

„Aber nein, Mutti! Darf ich dir Jochen Cremer vorstellen? Sabines Vater!"

Der Fremde aus dem Krankenhaus verneigte sich leicht und lächelte Anne freundlich an. „Schwester Manuela, ich meine, Ihre Tochter war so freundlich, mich für heute ebenfalls einzuladen. Ich hoffe, ich störe nicht?"

Anne fühlte sich heiter und beschwingt wie seit Jahren nicht mehr. Alles war mit einem Mal so einfach. Sie nahm Sabine in ihre Arme, drehte sich mit ihr im Kreis und rief glücklich. „Wer sollte hier stören? Ganz im Gegenteil: herzlich willkommen in meinem Leben!"

Ende

Marianne Schaefer:

 Das Schreiben interessierte mich schon in der Schulzeit. Meine Aufsätze waren immer ellenlang und die Lehrer darüber verzweifelt. Später begann ich Märchen zu schreiben, die ich im Schubfach meines Nachtschränkchens verstaute. Immer in der Angst, es könnte sie jemand finden, lesen und mich auslachen. So ging es viele Jahre.

Ich begann im Internet nach einem Forum für Kurzgeschichten zu suchen. Dort stellte ich mit bangem Herzen, es lief gerade ein Wettbewerb für ein Buch über die Menschenwürde, meine Erzählung ein. Wenige Tage später traute ich meinen Augen nicht. Ich hatte die Siegergeschichte für das Buch „antastbar", erschienen im Dr. Ronald Henss-Verlag, geschrieben. Das machte mir Mut. Seitdem habe ich mehrere Bücher geschrieben und bin ich in vielen Anthologien zu finden. Ich habe das schönste Hobby der Welt und vielleicht meint es Gott gut mit mir und schenkt mir noch ein paar Jahre Gesundheit und Freude am Schreiben.

Die Erzählungen vom Winterkind

Am Rande einer größeren Stadt in Pommern gab es eine kleine Siedlung.
Sie hieß Kreuzweg. Gebaut für die ärmsten der Armen und für kinder-
reiche Familien.
Winzige Doppelhaushälften reihten sich hufeisenförmig aneinander, als
könnten sie sich gegen den grimmigen Frost der Winternacht schützen,
in der unsere Geschichte beginnt.
In einem dieser Häuschen ist gerade ein Mädchen zur Welt gekommen.
Treten wir ans Fenster zu seinem Leben und schauen hinein ...

Karina Verlag, 2016; Taschenbuch, 116 Seiten; ISBN: 978-3903161054.

Lilly und der Potzemockel

Lilly ist ein Elfenkind. Sie bekommt einen besonderen Auftrag. Kann sie ihn nicht erfüllen, bleibt das Elfenreich für immer verschlossen. Auf ihrer Reise trifft sie Potzemockel, einen Tannenzapfen, der ihr ein guter Freund wird. Anna, ein Menschenmädchen, lernt durch Potzemockel ihre eigenen Fähigkeiten kennen und es scheint, dass sich alles zum Guten wendet.

Doch was tun, wenn Potzemockel plötzlich verschwunden ist und die bösartigen Moosfeen Lilly gefangennehmen? Gibt es Rettung für das Reich der Elfen?

Karina Verlag, 2017; Taschenbuch, 160 Seiten; ISBN: 978-3903161429
Altersempfehlung: 36 Monate - 5 Jahre.

Lilly, das Elfenkind

Lilly ist ein Elfenkind. Sie bekommt einen besonderen Auftrag. Kann sie ihn nicht erfüllen, bleibt das Elfenreich für immer verschlossen. Auf ihrer Reise trifft sie Potzemockel, einen Tannenzapfen, der ihr ein guter Freund wird. Anna, ein Menschenmädchen, lernt durch Potzemockel ihre eigenen Fähigkeiten kennen und es scheint, dass sich alles zum Guten wendet. Doch was tun, wenn Potzemockel plötzlich verschwunden ist und die bösartigen Moosfeen Lilly gefangennehmen? Gibt es Rettung für das Reich der Elfen? Empfohlenes Lesealter: Für Kinder ab 8 Jahren Für dieses Kinderbuch findet sich auch ein Quiz auf Antolin.

Karina Verlag, 2019; Taschenbuch, 108 Seiten; ISBN: 978-3966980791
Altersempfehlung: 8 - 12 Jahre.

Ein Sternenkind auf Erden ging

Hoch im Himmel, auf einer Wolkenbank, saß das Sternenkind Kajam und fand keine Antworten auf seine vielen Fragen. Da bat ihn die Sonne, ihre Krone zu polieren. Durch ein Missgeschick brach ein Stück ab und fiel zur Erde. Kajam musste das Stück finden, damit die Sonne nicht traurig war. Also flog er zur Erde. Auf seiner Suche nach dem verlorenen abge-brochenen Teilchen traf er auf manch seltsame Gestalten. Zwerge und Riesen, Drachen und einen zauberhaften sprechenden Baum, die ihn auf seiner abenteuerlichen Reise begleiteten. Ob das Sternenkind den abgebrochenen Kronenzacken wiederfand und ob ihm die Antworten auf seine Fragen begegneten, das findet nur der, der in dieses Buch eintaucht. Empfohlenes Lesealter: Für Kinder ab 8 Jahren Für dieses Kinderbuch findet sich auch ein Quiz auf Antolin.

Karina Verlag, 2019; Taschenbuch, 106 Seiten; ISBN: 978-3966980784
Altersempfehlung: 8 - 12 Jahre.

Sieben goldene Tränen

Warum sitzt ein kleiner Prinz mit einer Pudelmütze auf dem Kopf, die seine grünen Haare verbirgt, alleine am Strand und spricht mit einem Stück Holz?

An seinem zehnten Geburtstag muss Prinz Robert erkennen, dass sich sein Leben gänzlich verändern wird. Er ist gezwungen, sich eine neue Heimat zu suchen, denn man hat ihn aus seinem Königreich gewiesen, dass eigentlich ihm gehört. Alles was ihm bleibt, ist eine Reisetasche mit seiner geliebten Flöte. So landet er auf dem Schiff der Hexe Sapralotta, begegnet dem dreiköpfigen Seeungeheuer Justus und dem Märchenerzähler Trek und Feim, ein winziges Regentröpfchen in Gummistiefeln, wird seine Vertraute. Bald sind sie zu einer verschworenen Gemeinschaft geworden und bestehen miteinander viele Abenteuer. Wird es dem Prinzen gelingen, die wirklich Bösen zu bestrafen und sein Schloss zurückzuerobern?

Karina Verlag, 2016; Taschenbuch, 148 Seiten; ISBN: 978-3903056879
Altersempfehlung: 5 - 8 Jahre.